नागार्जुन

ज्येष्ठ पूर्णिमा 1911 ई. को जन्मे नागार्जुन का मूल नाम था वैद्यनाथ मिश्र। 'यात्री' नाम से मैथिली के रचनाकार। पैतृक निवास ग्राम तरौनी, जिला दरभंगा (बिहार)। संस्कृत की पारम्परिक शिक्षा अपने गाँव तरौनी और गनौली (जिला मधुबनी) एवं पचगछिया (जिला सहरसा) से। उसके बाद काशी से शास्त्री। कलकत्ता से काव्यतीर्थ (प्रथम वर्ष)। विद्यालंकार परिवेण, केलानिया (श्रीलंका) में बौद्ध दर्शन का अध्ययन एवं संस्कृत का अध्यापन। वहीं बौद्ध धर्म की दीक्षा नायक पाद धम्मानन्द से 1937 ई. के आरम्भ में ग्रहण की। 1938 ई. के मध्य लंका से वापसी। बिहार के किसान आन्दोलन में सक्रिय भागीदारी। 1939 और 1940 ई. में दो बार जेल-यात्रा। 1941 ई. में जेल से रिहाई के बाद भिक्खु परिधान का त्याग। 1948 ई. में गांधी हत्या पर 'शपथ', 'तर्पण' जैसी क्षोभ-व्यंजक कविताओं के लिए गिरफ्तार। 1 जून, 1975 ई. को सम्पूर्ण क्रान्ति आन्दोलन में रचनात्मक भूमिका के चलते गिरफ्तार और 26 मार्च 1976 को गम्भीर अस्वस्थता के कारण पटना हाईकोर्ट के निर्देश पर जेल से मुक्त। 1931 ई. में अपराजिता देवी के साथ विवाह। चार पुत्रों और दो पुत्रियों के पिता।

प्रमुख रचनाएँ : रतिनाथ की चाची, बाबा बटेसरनाथ, दुखमोचन, बलचनमा, वरुण के बेटे, नयी पौध, कुम्भीपाक, अभिनन्दन, उग्रतारा, इमरतिया, आदि (उपन्यास); युगधारा, सतरंगे पंखोंवाली, प्यासी पथरायी आँखें, तालाब की मछलियाँ, चन्दना, खिचड़ी विप्लव देखा हमने, तुमने कहा था, पुरानी जूतियों का कोरस, हजार-हजार बाँहोंवाली (कविता-संग्रह); भस्मांकुर (खंडकाव्य); चित्र, पत्रहीन नग्न गाछ (हिन्दी में अनूदित मैथिली कविता-संग्रह); पारो (मैथिली उपन्यास); अन्तहीनम् क्रियाहीन! (निबन्ध-संग्रह); आसमान में चन्दा तेरे कहानी-संग्रह तथा गीत गोविन्द, मेघदूत आदि संस्कृत कृतियों के अनुवाद। नागार्जुन रचनावली (समग्र)।

पुरस्कार व सम्मान : मैथिली काव्य-संग्रह 'पत्रहीन नग्न गाछ' के लिए साहित्य अकादेमी पुरस्कार, साहित्य अकादेमी के महत्तर सदस्य, उत्तर प्रदेश का भारत-भारती सम्मान, मध्य प्रदेश का मैथिलीशरण गुप्त सम्मान। बिहार का राजेन्द्र प्रसाद शिखर सम्मान। प. बंगाल का राहुल सम्मान।

निधन : 5 नवम्बर 1998

कुम्भीपाक

नागार्जुन

राजकमल पेपरबैक्स

पहला पुस्तकालय संस्करण
1960 में प्रकाशित

राजकमल पेपरबैक्स में
पहला संस्करण : 1987
पाँचवाँ संस्करण : 2024

राजकमल पेपरबैक्स : उत्कृष्ट साहित्य के जनसुलभ संस्करण

राजकमल प्रकाशन प्रा.लि.
1-बी, नेताजी सुभाष मार्ग, दरियागंज
नई दिल्ली-110 002
द्वारा प्रकाशित

शाखाएँ : अशोक राजपथ, साइंस कॉलेज के सामने, पटना-800 006
पहली मंजिल, दरबारी बिल्डिंग, महात्मा गांधी मार्ग, प्रयागराज-211 001
1, अनमोल सोराबजी संतुक लेन, धोबी तलाव, मरीन लाइंस, मुम्बई-400 002

वेबसाइट : www.rajkamalprakashan.com
ई-मेल : info@rajkamalprakashan.com

बी के ऑफसेट
नवीन शाहदरा, दिल्ली-110 032
द्वारा मुद्रित

मूल्य : ₹ 199

KUMBHIPAK
Novel by Nagarjun

ISBN : 978-81-267-1331-8

एक

आधा पूस गुज़र चुका था।

पिछले दो दिनों से सर्दी बेहद बढ़ गई थी। आसमान और धरती को कोहरा एक बनाए हुए था। बीच-बीच में बूँदाबाँदी भी होती रही। जाड़ा लोगों की हड्डी-हड्डी में समा गया था। दाँत बज उठते और मौसम को गालियाँ सुननी पड़तीं।

और यह मकान !

लगता था कि सूर्य की किरणों के लिए कोई आकर लक्ष्मण-रेखा खींच गया है। दुपहर के बाद वे सहम-सहमकर अन्दर झाँकतीं। घड़ी-आधी घड़ी के लिए दरस दिखाकर लापरवाही में सिर के आँचल की तरह खिसकती जातीं, पीछे हटती जातीं—क्वाँर की कछार में नदी की लहरों की तरह।

चालीस प्राणी थे, किराएदार के छै परिवार।

सभी धूप के लिए तरसते थे।

मकान-मालिक को सभी कोसते थे।

सामने लेकिन कोई कुछ कहता नहीं था उससे। वह भारी

हिसाबी था, बेजोड़ मिठबोला। मकान के अगले हिस्से में, सड़क के किनारे उसने दूकान के लायक तीन कमरे निकलवा लिए थे। एक में बुकसेलर, दूसरे में दर्ज़ी, तीसरे में प्रोविज़न स्टोर के प्रोप्राइटर के नाते वह खुद ही बैठता था। अन्दरवाली खोलियों से किराए के तौर पर दो सौ, और दूकानों से नब्बे रुपए हर महीने आते थे।

उसका अपना परिवार ऊपर के तिनतल्ले पर धूप की गर्माहट के मज़े लूटता होता और पिछली खोलियों में बाकी 'प्रजा' उसको कोस रही होती।

मगर आज तो शिशिर की प्रकृति ने सभी के लिए साम्य योग उपस्थित कर दिया था :

कोहरा और बादल !

ठंड और गीलापन !

धुआँ और भाप।

सारा दिन यह हाल रहा और शाम होते ही बारिश टूट पड़ी।

ऊपरवाले कमरे में बच्चे ऊधम मचा रहे थे।

नीचे प्रतिभामा फुलके सेंक रही थी।

कि बिजली गुम हो गई...

बड़ा लड़का विभाकर टूटा छाता लेकर बाहरवाली दूकान से दो मोमबत्तियाँ ले आया तो माँ ने बेलनवाला हाथ उठाकर माचिस की ओर संकेत किया।

दीवारवाली आलमारी से माचिस लेकर विभाकर ने मोमबत्ती जला दी। दूसरी मोमबत्ती ऊपर के लिए थी।

रज़ाई में उलझकर छोटी बच्ची तख्त के नीचे गिर गई और ज़ोर-ज़ोर से रोने लगी।

अप्पी और दामो खेल रहे थे, दोनों लपककर बच्ची को उठाने गए।

विभाकर ने मोममत्ती जलाई तो हवा का झोंका उसे लील गया। खस-खस-खस...तीन तीलियाँ बेकार गईं तो कंधे पर का छाता उलटकर सीढ़ियों पर लुढ़क चला—भट-भट-भट !

कि रोशनी आ गई।

कमरा जगमगा उठा, मगर बच्ची अप्पी की गोद में रोती रही।

छाता लेकर वापस आया विभाकर, उसे समेटकर बाहर खूँटी

में लटका दिया। अन्दर होते ही सामने दीवार पर पिता के फोटो की तरफ निगाहें गईं। क्षण-भर के लिए गौरव के अहसास से सीना तन गया...कितना नाम है मेरे पिता का !

"भइया," दामो ने कहा, "हेम चुप नहीं होती है !"

"ला, मुझे दे ! तू नीचे जा, खाना तैयार है !"

"लो, यह तुमसे थोड़े चुप होगी ?"

"ला भी तो !"

"अप्पी ने मेरी गोली चुरा ली है, भइया !"

विभाकर ने दामो की इस शिकायत पर कोई ध्यान नहीं दिया। वह बच्ची को चुप कराने लगा—"आ आ आ आ, ओ ओ ओ ओ, ई ई ई ई, आ गे हेम ! चू‿‿‿ प..."

कंधे के सहारे सँभालकर लेने की वजह से नन्हीं जान को आराम मिला और रुलाई सानुनासिक स्वर की प्रलम्बित मात्रा में बदल गई।

"अब सोएगी," नीचे से माँ ने कहा।

विभाकर कमरे में घूम-घूमकर बच्ची को चुपचुपाता रहा। दामो और अप्पी भीगते-भीगते नीचे चले गए।

सीढ़ियों पर साया नहीं था, न रोशनी थी। सीढ़ियाँ हमवार होतीं सो भी नहीं। बच्चे ही नहीं, सयाने भी गिरते-पड़ते थे। मकान-मालिक किराया-दोहन कला का आचार्य तो था ही, अपने को एक्ज़िक्यूटिव इंजीनियरों का नाना समझता था।

अप्पी को भूख लग गई थी। दिल सिंकते हुए गोल-गोल फुलकों में उलझ रहा था, नथनों में सेम-टमाटर-गाँठगोभी की तीमन महक-महक उठती थी। पिसी हुई सरसों और इमली का सौरभ मसाले को कई गुना अधिक स्वादिष्ट बना देते हैं, अपर्णा को इस तरह की तीमन बेहद पसन्द थी।

बेचारी के पैर चूक गए ठीक वहीं पर, जहाँ उत्तर से पूरब की ओर मुड़कर नीचे जाती थीं सीढ़ियाँ।

नंगी-खुरदरी ईंटों से टकराकर माथा फूट गया। ज़ोर की चीख निकली।

चूल्हे के पास से उठकर माँ दौड़ी, ऊपर से दौड़ा विभाकर।

वर्षा का वेग थम चुका था लेकिन बूँदाबाँदी जारी थी। अपर्णा

को गोद में उठाकर प्रतिभामा ऊपर आ गई...लहू की लकीरें कनपटियों के नीचे आकर कंधों पर फ्रॉक को भिगो रही थीं। सख्त चोट ने लड़की को संज्ञाशून्य कर दिया था।

पड़ोस की स्त्रियाँ कमरे में इकट्ठी हो गईं।

विभाकर हकीम को बुलाने गया।

दामो छोटी बच्ची को सँभाले हुए था। इस तरह लोगों की भीड़ और उनका हल्ला-गुल्ला देख-सुनकर बच्ची पहले तो चकरा गई, बाद को उसकी नन्ही चेतना पर आतंक छा गया और वह पूरी ताकत लगाकर रो पड़ी।

प्रतिभामा अप्पी के माथे का लहू आँचल के खूँट से बार-बार पोंछती थी, लेकिन वह बन्द नहीं हो रहा था।

पड़ोसवाली औरत का घरवाला बड़े हास्पिटल में कम्पाउंडर था। वह टिंचर का फाहा ले आई। दाई चटपट आलू पीस लाई।

उम्मी की माँ ने लहू पोंछकर घाव पर टिंचरवाला फाहा रख दिया तो अप्पी दर्द की टीस से तड़प उठी।

बाकी औरतें मकान-मालिक और कार्पोरेशन को कोस रही थीं।

हकीमजी आए तो औरतें हट गईं। प्रतिभामा उसी तरह बैठी रही।

देख-दूखकर दढ़ियल बोला, "घाव गहरा है लेकिन घबराने की बात नहीं। जाड़े का मौसम न होता तो अंदेशे की बात थी..."

फटी-फटी आँखों से हकीम का चेहरा देख रही थी, साँवली सूरत का लम्बोतरा चेहरा और तरतीब से तराशी हुई खिचड़ी दाढ़ी। बड़ी-बड़ी आँखें और चौड़ी पेशानी पर चमकता हुआ घाव का गहरा निशान। सिर पर काश्मीरी टोपी थी, ऊनी और रोएँदार।...प्रतिभामा की निगाहें गड़ी थीं—ट्रेन में एक बार इसी से मिलता-जुलता चेहरा प्रतिभामा के कंधे के करीब था, बिलकुल करीब...ठीक यही आँखें, ठीक यही नाक...। भीड़ की वजह से वे दूसरे-तीसरे नहीं, पाँचवें बर्थ की सीटों के छोर पर ऊपरी बर्थ की मोटी चेन के सहारे खड़े-खड़े झूल रहे थे। पिछली लड़ाई का ज़माना था और इलाहाबाद-जंघई के दर्म्यान दौड़ रही थी उस वक्त वह ट्रेन, अपर इंडिया एक्सप्रेस और तब हिलती-डुलती ट्रेन के मुताबिक छँटी दाढ़ीवाले का वह हाथ भी

हरकत में था। बाँह के नीचे बगल के जिस्म से बार-बार हथेली सट रही थी और सहज शील-संकोचवाला लाजवंती का सनातनी संस्कार प्रतिरोध के नाम पर बस घुटकर ही रह गया था और उधर विभाकर के पिताजी ऊपरी बर्थ की मोटी चेन के सहारे खड़े-खड़े झूल रहे थे...

"चलिए," हकीम उठकर खड़ा हुए और विभाकर से बोला, "साथ चलके मलहम ले आइए और खानेवाली दवा भी मिलेगी... अंदेशे की कोई बात नहीं...आप लोग इस मकान में शायद नए-नए आए हैं !"

"जी हाँ," विभाकर ने कहा, "चार-पाँच महीने हो रहे हैं मगर आपका नाम हम तक पहले ही पहुँच चुका था !"

बेटे की बात के समर्थन में माँ ने भी माथा हिला दिया। हकीम साहब के होंठ खुशी में फैल गए। दाँतों की चमक ने मुस्कान को ज़ाहिर कर दिया।

हकीम नीचे उतरा।

विभाकर पीछे-पीछे गया।

उम्मी की माँ आ डटी।

"बगलवाली पड़ोसिन ने गर्दन बढ़ाकर हकीम की हिदायतों के बारे में जानना चाहा तो कम्पाउंडर की बीवी ने नीचे से ही उसे सबकुछ बता दिया और आदत के अनुसार पूछ लिया, "समझीं भला ? कि नहीं समझीं ?"

"इत्ती-सी बात भला नहीं समझूँगी ?" दर्जा छै तक मिडिल स्कूल में पढ़ी पड़ोसिन तमककर बोली, "और मेरा तो भाई ही डाक्टर है...पौने चार सौ पाता है।"

पौने चार सौ की इस बात पर कम्पाउंडर की बीवी मुर्झा गई। केतली में चाय का पानी खौल रहा था, बस उसे यों ही उतारकर छोड़ दिया। लिहाफ को ऊपर गर्दन तक खींच लिया। पचीस की तनखा पानेवाला 'कम्पोटर बाबू' मुँगेरीलाल जाड़े की रातों में भी साढ़े आठ-नौ से पहले शायद ही कभी घर आते थे। घर आकर वह कपड़े बदलते थे यानी कमीज़-बंडी निकालकर खूँटियों पर लटका देते थे और दो रुपए दो आनेवाली मद्रासी लुंगी माथा झुकाकर माला की तरह गले में डाल लेते थे, तत्पश्चात् कमर तक लाकर बेचारी

को नीचे छोड़ देते...निबटने जाएँगे और पाखाने में दस मिनट बैठकर इत्मीनान से बीड़ी धूकेंगे, इसी से लुंगी में नाभि के नीचे हल्की गाँठ देकर खड़ाऊँ डालते थे पैरों में। फिर गुनगुनाकर अस्पष्ट ध्वनि में गाना शुरू करते थे, "आ रे बदरा आ..." शंकर शैलेन्द्र का यह गीत बाबू मुँगेरीलाल को बेहद प्रिय था...तो सूती पाजामा तह करके तकिया के नीचे दबाकर वह कमरे से निकलेंगे। निबटकर तैयार होंगे तो टाइमपीस की मिनटवाली सूई काफी आगे बढ़ चुकी होगी और दूसरे ब्याह की इस नवेली का कर्कश स्वर मुँगेरीलाल के सींकिया पैरों में फुर्ती भर देगा, चूल्हे के करीब जाकर वह खुद ही पीढ़ा खींचकर बैठ जाएँगे !

बूँदाबाँदी थम चुकी थी।

मलहम लगाते ही अपर्णा की आँखें मुँद गईं।

प्रतिभामा ने उसे गद्दे पर लिटा दिया।

छोटी बच्ची को भी नींद आ रही थी। उसे गोद में लेकर उसने विभाकर से कहा, "क्या पता यह नट्टिन सो ही जाएगी, तुम और दामो नीचे जाकर खाना उठा लाओ। स्टोरवाला रूम बन्द करते आना...और हाँ, कटोरे में दूध होगा, लेते आना..."

दो

"लेमनजूस !"

"नहीं, मुझे बिस्कुट दीजिए !"

"और तुझे नहीं चाहिए बिस्कुट ? सुबह का वक्त है, लेमनजूस भी ले और बिस्कुट भी। आरारोट का बिस्कुट खाने से ताकत बढ़ती है बेटी !..."

तीन बिस्कुट और दो लेमनजूस थमाकर बुढ़ऊ ने दोनों बच्चों को वापस रवाना किया, दुअन्नी कैश बाक्स के हवाले हो चुकी थी।

सामने चाय का प्याला था जिसकी नाक गायब थी।

मुंशी मनबोधलाल मकान-मालिक ही नहीं थे, सफल दूकानदार भी थे। बच्चों को लुभानेवाली जितनी भी वस्तुएँ हो सकती हैं, सबका संग्रह था उनकी दूकान में। बीड़ी-सिगरेट, लेमनजूस-बिस्कुट से लेकर लोटा-बाल्टी, गंजी-कमीज़ तक...क्या नहीं था उनकी दूकान में ? लालटेन थी तो बिजली के बल्ब भी थे। कॉपी-पेंसिल थीं तो मैट्रिक के गेस-पेपर भी थे।

आखिरी बार प्याला उठाकर वह चाय की शेष बूँद तक सुड़क

गए और तृप्तिपूर्वक सामने सड़क पर गुज़रनेवाले राहगीरों को देखते रहे।

मुसल्लहपुर हाट से लौटते हुए रिक्शे सब्ज़ियों के अधिकाधिक बोझों से लदे होने के कारण यों भी अपनी तरफ ध्यान खींच लेते थे और यही हाल था उन बंगाली बाबुओं का जो हाथ में झोला लटकाए हाट की दिशा में जा रहे होते, आगे की तरफ से धोती का निचला छोर सँभाले और बीड़ी टानते हुए मासांत के दिनों में उनका यह सब्ज़ी-अभियान देखते ही बनता था !

मुंशीजी ने एक परिचित रिक्शावाले को आवाज़ दी, "ए सुनते हो जी !"

मैली-नीली बुश्शर्ट और खाकी हाफ पैंट...साँवली सूरतवाले उस नौजवान ने ब्रेक लगाकर रिक्शा रोका, रुकते-रुकते भी पहिए दस-पाँच गज़ बढ़ ही गए।

उतरकर रिक्शावाला दूकान के करीब आया।

"लो," मुंशीजी ने बीड़ी का बंडल थमाया, "परसों ही आ गए थे. कहाँ गायब हो जाते हो तुम !"

गायब हो जाने की कोई कैफियत उसने नहीं दी, मुंशीजी लेकिन हितैषी बुजुर्ग की तरह मुस्कुराते रहे। जाने लगा तो बोले, "एक और न लेते जाओ ! खास जबलपुर का माल है, पटनिया माल भला इसका क्या मुकाबला करेगा ! दूँ न ?"

माथा हिलाकर नौजवान ने इनकार किया।

उधर सब्ज़ी के गट्ठरों से आकंठ ढकी हुई अधेड़ तरकारीवाली का गेहुँआँ चेहरा उतावली निगाहों से दूकान की ओर घूम रहा था, खैर, रिक्शावाले ने फुर्ती की और उसे कुछ कहने का मौका नहीं दिया।

मद्रासी लुंगी और गोलकट बनियान—बाबू मुँगेरीलाल कोयलेवाले की प्रतीक्षा में खड़े थे। सम्पादकजी वाला 'आर्यावर्त' लेकर हॉकर अन्दर घुसने ही जा रहा था कि कम्पाउंडर साहब ने हाथ बढ़ा दिया, "इधर लाओ न !"

अखबार देकर हॉकर ने अपनी साइकिल सँभाली।

इधर मुँगेरीलाल कागज़ में डूब गए।

"क्या हाल-समाचार है कम्पोटर बाबू ?" मकान-मालिक से

नहीं रहा गया।

मुँगेरीलाल छठे पेज पर रेलवे का विज्ञापन देख रहे थे—प्लेटफार्म पर केले के छिलके डाल देने से कितनी बड़ी दुर्घटना हो गई ? पंडित सोहनलाल धड़ाम से गिरे और माथा फट गया...भारी भीड़... स्ट्रेचर...खिन्न मुद्रा में स्टेशन-मास्टर खड़ा है...

कम्पाउंडर ने अखबार के पन्नों से निगाहें नहीं हटाईं, विज्ञापन का आखिरी पैराग्राफ मन ही मन पढ़ता हुआ बोला, "अम्बाला के पास इंजिन पटरी से उतर गया और आसाम में औरत के कोख से बकरी का बच्चा पैदा हुआ है और नेहरूजी ने कहा है कि भारत कई मामलों में सबसे आगे है..."

और मुँगेरीलाल आज का एक विशिष्ट समाचार मुंशी मनबोधलाल से छिपा रहे थे, यह बेईमानी उनके विवेक को खरोंचने लगी...विज्ञापन से तबीयत उचट गई, मन-मन्दिर के कोने में वह विशिष्ट समाचार गूँजने लगा—"बड़े अस्पताल में दवाओं की चोरी !"..."हज़ारों का माल गायब"...डाक्टरों-कम्पाउंडरों-नर्सों-कर्मचारियों का भ्रष्टाचार पराकाष्ठा पर"..."स्वास्थ्य-विभाग के मंत्री अविलम्ब पद-त्याग करें"...

यों, छिलकेवाली विज्ञापन-सामग्री भी कम्पाउंडर के दिल को छू गई थी क्योंकि सोनपुर के प्लेटफार्म पर उसके हाथों का फेंका हुआ छिलका एक घूँघटवाली नवेली के घुटनों को लहूलुहान कर चुका था। लेकिन, वह तो आठ-दस वर्ष पहले की बात थी न ? और, यह अस्पताल-कांड ! अरे बाप रे ! बिलकुल ताजा मामला था यह तो !...

अखबार तहियाकर बाबू मुँगेरीलाल मकान के अन्दर आ गए और पुकारा, "विभाकर ! विभाकर ! ओ विभाकर !"

"जी, आया !" ऊपर की पीछेवाली खोली से आवाज़ आई और अगले ही क्षण चौदह-साला किशोर सीढ़ियों से उतरता दिखाई पड़ा।

अखबार लेकर और मन ही मन कम्पाउंडर को कोसता हुआ विभाकर ऊपर अपने कमरे में वापस आया। उसे यह बात एकदम नागवार लगती है कि चालीस व्यक्तियों वाले इस उपनिवेश के अन्दर खरीदकर अखबार पढ़नेवाला दूसरा कोई है ही नहीं ! कैसे हैं लोग !

अखबारों की चर्चा छिड़ने पर बोल उठते हैं, "हुँह, डेली ? हमारे दफ्तर में चौदह ठो दैनिक आता है ! सात ठो वीकली ! हम तो बस इत्मीनान से वहीं देखते रहते हैं...यहाँ तो हेड लाइन भर झाँक लेते हैं...विभाकरजी, आपके पिता सम्पादक हैं फिर भी दो ही चार ठो डेली पेपर देख पाते होंगे मगर हमारे दफ्तर में...ज़रा देख आइए चलकर !"

विभाकर को इन लोगों पर अन्दर ही अन्दर गुस्सा आता है। इनकी सारी डींग उसे कोरी बकवास प्रतीत होती है। इस छोटी उम्र में भी वह समाचार-पत्रों की अनिवार्यता भली-भाँति महसूस करता था।

कोयलावाले की मोटी आवाज़ गूँज उठी, "ल्ले...कोइला ह... लेक्..."

मुँगेरीलाल फिर बाहर निकल आए।

महीने का आखिरी सप्ताह था, पाँच सेर से ज़्यादा लेने की गुंजायश थी नहीं। खुद ही वह ठेले पर झुक गए और पथरिया ईंधन के छोटे-छोटे हल्के डले उठा-उठाकर तराजूवाले पटरे पर डालने लगे।

कोयलावाला खुलकर हँसा और बोला, "घटिया माल नहीं रखता हूँ सरकार ! रुई की तरह फक-से आग पकड़ लेता है और एक बार सुलगा लीजिए फिर घंटों जलता रहेगा...हार्डिंज रोड, बेली रोड, कदमकुआँ, बोरिंग रोड...हमीं लोग सबतर कोयला पहुँचाते हैं मालिक !..."

"बड़े उस्ताद होते हो तुम लोग," मुँगेरीलाल ने हाथ से हाथ झाड़कर कहा, "ज़रा-सी निगाह ओट हुई कि कोयले के बदले काले पत्थरों से ही तुम हमारे किचन भर दोगे ! दिन में दस दफे चूल्हा रूठेगा तो घर की मलिकाइन सर फोड़ लेगी..."

इस पर उधर मुंशी मनबोधलाल को हँसी आ गई। प्राइमरी स्कूल का पड़ोसी लड़का बस्ता लटकाए पेन्सिल परख रहा था, दूसरी मुट्ठी के अन्दर से चवन्नी झाँक रही थी। ललचाई नज़र से मुंशीजी ने मुट्ठी की तरफ कई बार देखा और अपने अबोध गाहक से कहा, "कापी नहीं लोगे ? अब की बड़ा उम्दा कागज़ है बबुआ...एक ठो ज़रूर ले लो।"

"नहीं, रहने दीजिए," लड़का बोला और पेन्सिल ले ली।

तब तक बाबू मुँगेरीलाल भी आ डटे।

"अभी आप मुस्कुरा क्यों रहे थे मुंशीजी ?"

"घर का मालिक कम्पोटर रहे और घर की मलिकाइन सर फोड़ लेगी !"

सर फोड़नेवाली बात सुनते ही क़ोयलावाला पास आ गया, बोला, "नहीं सरकार, हमारा कोयला खराब नहीं है। मलिकाइन को रत्ती-भर भी तकलीफ हो तो मेरे नाम पर आप कुकुर पोस लीजिएगा..."

मनबोधलाल मुस्कुराते रहे।

मुँगेरीलाल रुपए की रेज़गारी चाहते थे। एक हाथ दूकान की तरफ बढ़ा था, दूसरा भी अब ठेलावाले की ओर उठ गया। बोले, "बस, पैसे लो और भागो ! ज़्यादा कानून मत बघारो..."

दूकानदार बनाम मकान-मालिक ने साढ़े पाँच आने कोयलावाले के हवाले किए, बाकी रेज़गारी कम्पाउंडर को थमाई।

कोयलावाला ठेला लेकर आगे बढ़ा।

मनबोधलाल मुस्कुराए और कहा, "दस पैसे का सौदा परसों अन्दर मँगवाइन थे..."

"सो सब पहली के बाद होगा..." मुँगेरीलाल ने मानो पीठ की तरफ से ही कहा, अन्दर आने की जल्दी थी।

उतावली में गू पर एक पैर पड़ गया जो कि उन्होंने स्वयं नहीं देखा। दरवाज़े की चौखट लाँघकर भीतर अँगनई में दाखिल हुए तो पत्नी बोली, "हुँ हुँ हुँ हुँ, यह चन्दन वाला पैर तो धो आओ !...जाड़े का छोटा दिन और पानी की किल्लत...तुमने मेरा एक काम और बढ़ा दिया ! दाई अपनी क्या है, शैतान की साली है...! कुल्लम तीन बाल्टी पानी भरके भाग खड़ी होती है...हे भगवान, यह कैसा नरक-निवास लिखा था लिलार में...जाओ, सड़कवाले नल पर से पैर धो आओ..."

कम्पाउंडर ने कोयलावाली टोकरी चूल्हे के करीब पटक दी। घिन और गुस्सा...सिर से लेकर एड़ी तक सुलग उठा बदन। ज़ोर-ज़ोर से चीखने लगा, "सुअर के बच्चे ! जहाँ-तहाँ हगते फिरते हैं। कमीनों की औलाद...मैं साखू की कील ठोंक दूँगा, आखिर समझ क्या रक्खा है ? लेंडी के पूत..."

पाँच मिनट तक कम्पाउंडर गालियाँ बकता रहा।

जवाब में एक भी शब्द नहीं, कहीं से भी नहीं ! किसी ओर से भी नहीं।

मुँगेरीलाल के दिल का उफान बाहर निकल चुका तो वह मकान के सदर फाटक को पार करके बाहर सड़क पर आ गया।

पच्छिम की ओर तीन मकान आगे बाएँ हटकर फुटपाथ के कगार पर कारपोरेशन का नल था, बुढ़िया बंगालिन के मकान की दीवार से लगा हुआ। उसी के साथ-साथ खुला-फैला गन्दा नाला बह रहा था, सदाबहार गटर ! 4 x 2 वर्गफुट का सीमेंट का घिरावा नल के नीचे, नाले पर बिछा था। सड़क की तरफ से खुला होने के कारण आम जनता इस जलाशय का पूरा उपयोग कर लेती थी।

कम्पाउंडर करीब आया तो देखा, पंकज प्रकाशनवाले नेपाली दरबान का नौजवान बेटा हाफ पैंट सबुना रहा है। जान-पहचान की मुस्कुराहट उभरी तो लाल मसूड़ोंवाले दाँत मानो दुगुने सफेद होकर जगमगा उठे। उठकर वह खड़ा हो गया, फुटपाथ पर हट आया। बोला, "आइए हजूर !"

"बस, एक मिनट बहादुर ! सिर्फ पैर धोना है..."

"नहीं हजूर, हाथ-मुँह भी धो सकता है आप !"

गिरते पानी की चोट में एक पैर का गन्दा तलवा अपने-आप साफ हो गया तो मुँगेरीलाल ने शुचिता के मानव सुलभ संस्कार की वजह से दूसरे पैर को भी नल के नीचे डाल दिया।

नेपाली ने पूछा, "गोबर लगा था हजूर ?"

"हाँ जी," आहिस्ता से कम्पाउंडर कह गया।

एड़ियों से रगड़-रगड़कर पैर धो लिए तो सीधे-सादे नेपाली नौजवान की जुबान से एक बार और वह प्रिय सम्बोधन अपने लिए उसने निकलवा लेना चाहा।

कि आप ही बहादुर के मुँह से निकल आया, "हो गया हजूर ?"

मुँगेरीलाल की तबीयत खिल उठी। इस बार पूरा-पूरा स्वाद मिला हज़रत को अपने व्यक्तित्व का।

फिर तो इस कदर फूले-फूले बाबू मुँगेरीलाल वापस आए कि मकान-मालिक से पड़ोसियों और उनके बच्चों के बारे में शिकायतें पेश करने का पूर्व-संकल्प तक खयाल से उतर चुका था।

तीन

सदर दरवाज़े से आगे बढ़ते ही बाईं तरफ एक बड़ा कमरा था। वह हमेशा बन्द रहता था। कमरे के ऊपर चौबारा खपरैलों से छवाया हुआ। अन्दर पिछले चार महीने से जो परिवार टिका था उसमें तीन प्राणी थे। एक अधेड़ औरत, एक अठारह-साला छोकरी, और एक अधेड़ मर्द।

महिला को ल्यूकोरिया हो गया था, बड़े अस्पताल में चिकित्सा चल रही थी। लड़की परिचर्या के लिए साथ आई थी। मर्द चार-छै रोज़ दिखाई पड़ता फिर हफ्ता-भर के लिए कहीं चला जाता।

बीमार थी, सो बुआ होती थी। लड़की भतीजी।

कम्पाउंडर की बीवी नई-नवेली तो थी ही, बेहद चुलबुली तबीयत की थी।

अक्सर दुपहर को, जब मर्द अपने-अपने धंधे में निकल जाते, कम्पाउंडर की बीवी उस छोकरी के साथ गंगा जाती थी—कृष्णाघाट। उम्र में चार-छै साल का ही अन्तर था, एक को दूसरी के दिल में घुसने के लिए ज़्यादा कसरत नहीं करनी पड़ी।

ऐसे ही वक्त एक बार कम्पाउंडर की बीवी ने उस छोकरी से पूछ लिया, "तुझसे पहले बुआजी के साथ जो रहने आई थी, कौन थी भुवन ?"

"हमारे तीसरे चाचा की लड़की थी," भुवनेसरी ने जवाब दिया और बुआ की चोली में साबुन रगड़ती रही। क्षण-भर बाद ही जाने क्या बात दिमाग में आई कि उलटकर पूछ बैठी, "क्यों जीजी, अभी वह क्यों याद आई ?"

इस पर मुस्कुराती रही कम्पाउंडर की बीवी, कुछ बोली नहीं।

भुवन को इस पर शक हुआ। लगा कि यह औरत कोई सूराख पा गई है उनके गोरखधंधे की।

साबुनवाला हाथ उठाकर भुवन बोली, "उसका माथा ठीक नहीं था, सुनती हो जीजी ?"

इस पर भी कम्पाउंडर की बीवी कुछ नहीं बोली। ज़ोर से पति का कपड़ा पछीटती रही।

पीछे, नहाते वक्त बात चली तो प्रसंग ही बदल चुका था।

भुवन ने कहा, "लाओ जीजी, पीठ मसल दूँ।"

"बस ! पीठ ही ?" शरारत-भरी नज़रों से कम्पाउंडर की बीवी ने भुवनेसरी की ओर देखा और पीठ दे दी...।

"एक बात पूछूँ भुवन ?"

"एक ही क्यों, दो पूछ लो चाहे ?"

"जाड़े की रात में अकेले कैसे नींद आती है ?"

"बस, तुम तो जीजी एक ही सवाल जानती हो !"

"अपने तो बस एक ही सवाल जानते हैं ! माँ-बाप ने जब खूँटे से बाँध दिया तो दुनिया-भर के खटराग क्या जानें वरना हम भी सात घाट का पानी पीते, सौ किसिम के सुख लूटते...?"

अब भुवनेसरी को यकीन हो गया कि ज़रूर यह औरत हमारी कारगुज़ारियों के बारे में थोड़ा-कुछ जानती है...उसके कानों में गूँजने लगा, 'वाह रे चाचा, वाह री भतीजी, वाह री बुआ !'

पीठ मसलवाकर कम्पाउंडर की बीवी ने कहा, "ला, अब तेरी पीठ का मैल छुड़ा दूँ..."

ना-ना करके भुवन छिटक जाना चाहती थी, मगर नहीं बच सकी। कम्पाउंडर की बीवी ने उसे पकड़ लिया। पानी के अन्दर ही

कमर को जाँघों की गिरफ्त में लेकर वह भुवन की पीठ मलने लगी।

गौर से देखने पर छोकरी की पीठ पर तीन-चार लम्बे-पतले निशान दिखाई पड़े। पूछा, "ये कैसे दाग हैं ?"

भुवनेसरी ने सहज भाव में कहा, "पिटाई के निशान हैं।"

"पिटाई के ?"

"हाँ, बेंत के।"

"किस राक्षस ने पीटा था ?"

"राक्षस नहीं था जीजी, बहुत बड़े महात्मा थे वो तो...जितना ज़्यादा खुश होते थे, उतनी ही अधिक पिटाई पड़ती थी ! मेरी पीठ पर बाईस बार बेंत बरसी थी न ? बेहोश हो गई थी, मुझे मामा उठाकर ले आए थे..."

कम्पाउंडर की बीवी ने कहा, "फिर तो तुझे बड़ा ही अच्छा दूल्हा मिला होगा न ? खूब मानता होगा और खूब..."

बालोंवाले अपने बड़े सिर की ओट में भुवन के होंठों को उसने ज़ोरों से चूम लिया...

ज़रा हटकर एक बुढ़िया नहा रही थी, ऊपर दो औरतें कपड़े पछीट रही थीं...भुवन बोली, "लोग क्या कहेंगे जीजी ?"

"जहन्नुम में जाएँ लोग !" उसने कहा और मुँह बना लिया।

गंगा से लौटीं वे तो डेढ़ बज रहा था।

सड़क पर, मकान के नज़दीक, रिक्शा लगा था। हाथों में उर्दू का अखबार थामे एक सरदारजी बैठे थे रिक्शा पर, खिचड़ी दाढ़ी और छींट का साफा। खुले गले का कोट और पेशावरी स्टाइल का पाजामा। पैरों में नुकीली जूतियाँ।

दोनों अन्दर बुआ के सामने आईं तो एक अपरिचित महिला बैठी दिखाई पड़ी। पहनावा पंजाबिन का, बोली बिहार की।

बुआ के आगे दो ठोंगे रखे थे, अंगूर और सेब के।

आँखों का इशारा पाकर भुवन और कम्पाउंडर की बीवी इधर आ गईं, उन्हें गुफ्तगू के लिए छोड़ दिया।

कम्पाउंडर के कमरे में आकर भुवनेसरी ने पछीटे हुए कपड़े जीजी को थमा दिए। पलँग पर लेटती हुई वह बोली, "माथा भारी है, बुखार आए और मरूँ..."

"कैसी अलच्छ बात मुँह से निकालती है, भुवन !" कम्पाउंडर

की बीवी ने फटकारा और कपड़े डालने छत पर चली गई।

वापस आकर थाली में अपने लिए उसने खाना निकाला।

मोटे चावलों का भात, बथुआ और बड़ी का तीमन, आँवले की चटनी।

मुँह के अन्दर पहला कौर ठूँस लिया और बोली, "तू तो यह खाना सूँघ भी नहीं सकती...क्या-क्या पकाया था ?"

भुवनेसरी ने कहा, "आलू-गोभी, टमाटर की चटनी..."

"और बुआ के लिए ?"

"दलिया और लौकी की भाजी और दूध..."

कम्पाउंडर की बीवी ने पूछा, "अच्छा भुवन, यह जो अभी पंजाबिन बैठी थी बुआ के पास, वह भी तो रिश्ते की ही कोई होगी न ?"

भुवनेसरी ने कहा, "नहीं, रिश्ते की नहीं है यह। जान-पहचान की होगी। बात यों है कि हमारे फूफाजी पोस्ट मास्टर थे, दस-बीस शहरों में रहे थे। दो-दो वर्ष पर जगह बदल जाती थी। बिहार के अन्दर शायद ही कोई ज़िला-सब-डिवीज़न छूटा हो उनसे। बुआ हमेशा साथ रहीं। देखती नहीं हो कि किस ठाठ से पक्की बोली बोलती हैं !"

कम्पाउंडर की बीवी ने दिल ही दिल में अपने से कहा, "छिनाल कहीं की ! उड़ती चिड़िया की पूँछ में हल्दी लगानेवाली राँड़ ! किस कदर बात बनाती है...फूफाजी पोस्ट मास्टर थे ! मामा मिनिस्टर थे ! चुड़ैल कहीं की !..."

प्रकट तौर पर उसने कहा, "मैं ठेठ देहात की रहनेवाली मामूली औरत हूँ, पचासी रुपइया तनखा आती है घर में। घरवाला जास्ती पढ़ा-लिखा नहीं है...इसी से अनाप-शनाप सवाल पूछती रहती हूँ तुझसे। रंज न होना भुवन !"

भुवनेसरी उठ बैठी और बोली, "तुम भी भला क्या बात करती हो जीजी ! बुआ के बारे में पूछती हो, ठीक ही करती हो। नेह-छोह न होता तो पूछा-पेखी नहीं न करतीं ?..."

मगर मन ही मन भुवनेसरी कहती गई, 'और तेरे पास नित नए छैले आते हैं। ठिठोली और खिलखिलाहट...कमीज़ के कालर में सेंदुर का दाग—इत्र की खुशबू और रेशमी रूमाल...गटर में चमकते

हुए चूड़ियों के टुकड़े...'

"बुआ बुला रही हैं आपको," पड़ोस की बच्ची ने आकर कहा और भुवनेसरी अपने बासे की तरफ गई।

बुआ ने उसे दो नंबरी नोट थमाए।

पूछा, "कुल कितने हुए ?"

"सात नंबरी और पंदरह दसवाले।"

"ले, यह भी लेती जा !"

सिरहाने में गद्‌दे के नीचे दस-दस के पाँच नोट रखे थे। बुआ ने निकालकर वह भी थमा दिया।

रुपए ट्रंक में रख आई भुवनेसरी।

ज़रूर ही सरदारिन ले गई होगी यह रकम। किस मद के रुपए होंगे ! खरीदी जानेवाली किसी लड़की के लिए बयाने की रकम तो नहीं थमा गई है ?...साहस नहीं हुआ कि बुआ से इस बारे में कुछ पूछ लेती, आकर कुर्सी पर बैठ गई भुवन। सोच रही थी कि स्टोव जलाए। तीन-चार के दरम्यान बुआ को चाय ज़रूर चाहिए।

बीमारी के चलते बुआ का बदन ढाँचा-भर रह गया था।

हथेली से बुआ ने इशारा किया।

भुवन तख्त पर आ गई, सटकर बैठी बुआ से।

आहिस्ता से बोली, "बड़ी पाजी है, कम्पाउंडर की बीवी से ज़्यादा न सटना। जाने कैसे क्या निकलवा ले ज़ुबान से ! दुश्मन के आदमी पीछे लगे हैं। भले तो किताब पढ़ती रहती है...क्या बातें कर रही थी आज ?...ऊपरवाला लड़का नहीं लौटा है स्कूल से ? ढेर-सी किताबें हैं उसके पास...मैं तो वहीं से किताबें मँगवा लिया करती थी मगर पीछे पता चला कि बाप किसी अखबार में काम करता है, सम्पादक है। सम्पादक लोग बड़े शैतान होते हैं। भूल करके भी इन शैतानों से जान-पहचान नहीं करनी चाहिए। पीछे लगेंगे तो खोद-खादकर सारी बातों का पता लगा लेंगे, किसी न किसी बहाने तुम्हारी असलियत अखबार में छपकर लोगों के सामने आ जाएगी और तुम मुँह दिखाने लायक नहीं रह जाओगी।..."

"क्यों, मैंने क्या किया ?" लड़की चौकन्नी होकर पूछ बैठी, मानो सचमुच कोई सम्पादक उसके पीछे पड़ जाएगा !

"धत् !" बुआ को हँसी आ गई भुवन के भोलेपन पर, "मैं तो

बस बात कर रही थी कि दुश्मन हमारे पीछे लगे हैं...और तू तो नाहक चिहुँक उठी, पगली कहीं की !"

बुआ भुवनेसरी की पीठ पर हाथ फेरने लगी। चोटी झूल रही थी, अगले ही क्षण चोटी से खेलने लगी बुआ।

भुवनेसरी सोच रही थी, 'कौन, चालीस-पचास भी तो नहीं लगेंगे। मद्रासी साड़ी के लिए कई बार कहा है मगर ध्यान नहीं देती हैं बुआ...कम्पाउंडर की बीवी के पास तीस-तीस की दो साड़ियाँ हैं, बंबइया छींट के सिल्कन ब्लाउज़ हैं तीन-चार डिजाइन के, कानों के टाप्स हैं और मगर की शकल के कुंडल हैं...लेकिन मेरे पास क्या है ? तीन-चार मामूली साड़ियाँ, दो ब्लाउज़ रोल्ड-गोल्ड के ईयरिंग और...बुआ मुझे ठगती है...यह औरत सौ चुड़ैलों की एक चुड़ैल है। जाने कितनी छोकरियों का कीमा बनाया होगा। मुझे भी तल-भुनकर खा जाएगी। हम क्या हैं ? रकम बनाने की फैक्टरी के कल-पुर्ज़े हैं ! देखे तो आके कोई, ममता का कुआँ बनकर कैसे हमदर्दी उड़ेल रही है इस वक्त।...'

"तो तू गुमसुम क्यों बैठी है ?" बुआ ने आँखों में आँखें डालकर जानना चाहा।

भुवन ऊपर-ऊपर से मुस्कुराई।

बुआ बोली, "शर्माजी आएँ तो कपड़े मँगवाऊँगी। एक भी ढंग की साड़ी नहीं है तेरे पास। कपड़े तो निहायत ज़रूरी होते हैं न ? कभी याद भी तो नहीं दिलाती है। छोकरियाँ खुद गूँगी बन जाएँ तो दूसरा क्या करे ?"

भौंहें तानकर और आँखें नचाकर भुवनेसरी ने अपने पैरों की ओर देख लिया जो कि किचन की तरफ बढ़ गए थे।

बुआ ने कहा, "पालक के पकौड़े बना लेना।"

"डाक्टर ने मना कर रखा है न ?" जवाब आया।

"जहन्नुम में जाएँ डाक्टर-फाक्टर, जीभ को मैं पत्थर नहीं बना लूँगी। मन को रुलाऊँगी तो तन भी कलपता रहेगा। जा, तू मेरी बात सुन ! पालक के पकौड़े अच्छे रहेंगे।"

चार

बुकसेलर की दूकान-भर थी, रहने की जगह मुहल्ला महेन्द्रू में थी। दर्ज़ी का भी यही हाल था।

बुकसेलर ने अन्दर भी एक अँधेरा कमरा ले रखा था—गुदाम के लिए। बाहरवाले कमरे में तीन तरफ बड़ी-बड़ी रैक थीं। दरवाज़े के पास काउंटर था। दो ऊँची कुर्सियाँ थीं...बिकने के लिए रैकों में सजाई हुई किताबें स्कूली स्तर की थीं या तो फिर जीवनी-सीरीज़ की छै आनेवाली साधारण पुस्तकें थीं।

साइनबोर्ड था—'साहित्य सौरभ ग्रंथागार'।

बाहर से देखने पर लगता नहीं था कि किराए के भी पैसे वक्त पर दे पाते होंगे। मालिक का भाई और नौकर, बस। स्टाफ में तीसरा नहीं था कोई।

विभाकर के पिता, दिवाकर शास्त्री स्नेहपूर्ण इंगित पाकर कभी-कभी रुक जाते और पान के दो बीड़े ले लेते, बाकी उनका भी कोई रिश्ता नहीं था।

प्रोप्राइटर का नाम था तिलकधारीदास। वह प्रकाशन की कई

संस्थाओं में काम कर चुका था। पुस्तकें मंजूर करनेवाली कमेटी के सदस्यों की पोल उसे अच्छी तरह मालूम थी। पाठ्य-पुस्तकों का अवैध व्यापार...विभिन्न ज़िला बोर्ड के स्कूलों में 'स्टेशनरी' के नाम पर रद्दी माल की सप्लाई...बुनियादी तालीम के क्षेत्रों में चर्खों और चटाइयों तक का आर्डर बटोर लाना...ग्रामोद्योग के नाम घी, तेल और खादी का धंधा...बाबू तिलकधारीदास को जाने कितने कामों का तजुर्बा हासिल था। नेपाल से गाँजा कभी ला सके थे कि नहीं, पता नहीं।

लगातार तीन रोज़ तक नाश्ता कर चुके तो दिवाकरजी को लगा कि इस उदीयमान 'प्रकाशक एवं पुस्तक-विक्रेता' की कुछ न कुछ नीयत ज़रूर होगी वर्ना विशुद्ध श्रद्धा तो बेहद सूखी हुआ करती है।

आखिर शास्त्रीजी ने कहा, "दासजी, आप कुछ कहते क्यों नहीं ? मेरे लायक कोई काम हो तो अवश्य कहें !"

दासजी ने रूमाल निकालकर मुँह पोंछा और बोले, "दो-दो फर्मे की आधी दर्जन किताबें तैयार कर दीजिए...आलू की खेती, आम का धंधा, बाँस का व्यवसाय, बुनियादी तालीम, नदी नियंत्रण, सोनपुर का मेला...बोर्ड की स्कूली लाइब्रेरियों में इन किताबों की खपत निश्चित है। अगले महीने तक चाहिए।"

शास्त्रीजी रुचि के पत्रकार थे। अन्तर्राष्ट्रीय समस्याओं पर निबन्ध लिखा करते थे। बाकी वक्त में अंग्रेज़ी-बंगला-उर्दू से कहानियों का अनुवाद। अभी आलू की खेती और आम का धंधा आदि के बारे में सुनते ही कानों को बुरा लगा, उबलने की तबीयत हुई। किन्तु नकद रकम पाने की तत्काल सम्भावना के चलते मन काबू में रहा...साहित्यकार का स्वाभिमान एक तरफ और लाभ की आशा में झूलनेवाला हिसाबी विवेक दूसरी तरफ...दोनों में खींचतान होने लगी।

दासजी ने कहा, "कब तक देते हैं ?"

शास्त्रीजी बोले, "अभी तो मुश्किल है, मगर..."

अन्दर ही अन्दर स्वाभिमान ने कहा, 'छिः, आलू की खेती पर किताब लिखोगे ! लोग क्या कहेंगे ?'

'लोग क्या कहेंगे ! कुछ नहीं कहेंगे, हाँ, पैसा मिलना चाहिए,'

गृहस्थी विवेक ने लाभवाले पक्ष का अनुमोदन किया। दासजी ने कहा, "अगर-मगर कुछ नहीं, आपको यह काम करना ही पड़ेगा, महीने-दो महीने बाद ही सही !"

फिर आहिस्ता से कह गया, "दो सौ फौरन मिल जाएँगे..."

दिवाकरजी ने संयम से काम लिया, हाँ या ना कुछ नहीं निकला उनके मुँह से। पान के बीड़े गालों के अन्दर ठूँसकर चुटकी-भर ज़र्दा फाँक गए। दूकान से बाहर निकलते-निकलते उँगली से चूना चाट लिया।

मनबोधलाल ने आवाज लगाकर कहा, "हजूर, एक मिनट !"

मकान-मालिक शास्त्रीजी को सामने पाकर बोला, "रुपए की किल्लत में पड़ गया हूँ सरकार, दो महीने पूरे हो गए हैं।"

"अगले सप्ताह मिलेंगे," दिवाकरजी ने कहा, "इस बार ज़रूर हिसाब साफ कर दूँगा मुंशीजी !"

और अब ध्यान आया कि अस्सी रुपए मकान-मालिक को देने होंगे, तो तिलकधारीदास का अनुरोध वरदान ही प्रतीत हुआ। सोचने लगे, 'सौ तिकड़म भिड़ाकर रकम बटोरता है तो क्या हुआ ? बेर-कुबेर मेरे जैसे बीस गरजमन्द आदमी उसके सामने जा धमकते हैं, वह किसी को निराश नहीं लौटाता। सौ नहीं देगा मगर पचास ज़रूर देगा। पचास नहीं देगा, मगर बीस-पच्चीस ज़रूर देगा। दस नहीं देगा, पाँच ज़रूर देगा।...तुम्हारी गाड़ी नहीं अटकी रहेगी, अपना कंधा लगाकर वह उसे आगे ठेल देगा !'

सोचते-सोचते शास्त्रीजी आगे चले गए।

तिलकधारीदास सहरसा और डाल्टनगंजवाले बुकसेलरों से निबटने लगा। दर्जा आठ और दर्जा नौ की अधिकांश किताबें टेक्स्टबुक कमेटी ने छापी थीं, लेकिन उनमें से कुछ-एक मिल नहीं रही थीं। दासजी इन अप्राप्य पाठ्य-पुस्तकों को दूर-देहात तक पहुँचा देने का इंतजाम करते थे और नाटकीय ढंग से।

शास्त्रीजी का परिवार देहात जा चुका था। दो रूम और खाली हुए तो तिलकधारी दास ने उन्हें ले लिया था जिनमें दासजी की साली आ डटी थी। उसके दो जवान बेटियाँ साथ थीं। कहते थे कि ये लोग भी बड़े अस्पताल में इलाज करवा रही थीं...माँ का आपरेशन होना था और लड़कियाँ तीमारदारी में थीं।

ग्रामोद्योग भवन की कृपा से देहातिनें भी आधुनिकाएँ दिखने लगती हैं। विमला और शीला के साथ ठीक यही बात हुई। अशिक्षा या अल्पशिक्षा का पता जुबान खुलने पर ही लग सकता था ! पोशाक और चलने-फिरने के लिहाज से वे कालेज की छात्राएँ लगती थीं।

तिलकधारीदास इन दोनों पर काफी रकम खर्च कर रहा था। उन पर शान चढ़ा रहा था। कभी सलवार-कुर्ता, कभी फ्रॉक-जम्पर, कभी साड़ी-ब्लाउज़...हर शाम वे बदली हुई भूमिका में नज़र आतीं। कभी दासजी खुद और कभी उसका भाई छोकरियों को रिक्शे पर बाहर ले जाता। रात को लौटते-लौटते दस-ग्यारह का वक्त हो जाता, पड़ोसी सो चुके होते।

मीठापुर—कदमकुआँ—बोरिंगरोड—बेलीरोड—दिवाकरजी ने उन लड़कियों को बीच-बीच में कई जगहों में देखा था और उन्हें बड़ा ही विस्मय हुआ था।

पन्द्रह-बीस रोज बाद उन्हें लेने-छोड़ने के लिए जीप पहुँचने लगी...आखिर एक शाम कार भी आई और अगली शाम को छोड़ गई।

मुंशी मनबोधलाल दूकान पर बैठे थे। लड़कियाँ अन्दर जाने लगीं तो पूछ लिया, "कहाँ हो आईं तुम लोग ?"

"राजगीर," उनमें से एक ने कहा। मुंशीजी दूसरा सवाल करने ही वाले थे मगर वे अन्दर चली गईं।

कम्पाउंडर बैठा था। उससे नहीं रहा गया। बोला, "रूपनगर की राजकुमारियाँ हैं, सीधे मुँह बात तक नहीं करतीं..."

मुंशीजी की ओर झुककर कान में कुछ कहने लगा कम्पाउंडर। तनती-सिकुड़ती भौंहें और फैलती-सिमटती आँखें तथ्य की गहनता का आभास दे रही थीं...

कान हटाकर मुंशीजी ने कहा, "हमको यह सब नहीं मालूम था कम्पोटर साहेब, आज आप ही से सुन रहा हूँ...अगर ऐसी बात है तो इनसे मकान खाली करवा लेना है...मगर ये तो बड़े ही शरीफ खानदान की लगती हैं बाबूजी ! आपको किसी ने इनके खिलाफ भड़का तो नहीं दिया है कहीं ?"

"मैं दर्जा सात-आठ का स्कूली छोकरा नहीं हूँ मुंशीजी !" बाबू

मुँगेरीलाल ने तमककर कहा, "कि मामूली बुढ़िया पुराण और असली तिरिया चरित्र का फर्क नहीं समझूँगा। और, आप तो मकान-दूकान छोड़कर कहीं जाते-आते नहीं ! हफ्ते में एकाध बार हाट-घाट हो आते होंगे, मानता हूँ। मगर मेरी साइकिल तो जुगाली नहीं करती है बैठकर।"

मुंशी मनबोधलाल उस वक्त तो चुप मार गए, अगले दिन दिवाकरजी से अकेले में पूछा।

दिवाकर को उतनी जानकारी नहीं थी, माथा हिलाकर बोले, "दाल में काला-काला कुछ नज़र आता है ज़रूर ! दासजी की माया दासजी ही जानें। रोज शाम को दो-चार घंटे लड़कियाँ जाने कहाँ चली जाती हैं !...क्या कीजिएगा, छोड़िए भी ! किराया तो वक्त पर मिल ही जाता होगा ?"

"इसी से तो चुप हूँ," मुंशीजी ने कहा, "इतना बढ़िया किराएदार मुझे आज तक मिला ही नहीं शास्त्रीजी !"

शास्त्रीजी ने हँसकर कहा, "तो फिर जाने दीजिए, दुनिया को छेड़नेवाले हम-आप कौन होते हैं ?"

"मगर कल कुछ हो जाए तो ?" मकान-मालिक बोला।

"होगा क्या ?"

"मुझे तो शक हो गया है।"

"दो ही चार रोज की तो बात है, ये तो बस अब जाने ही वाली हैं।"

"तीन महीने के लिए लिया था मकान..."

"तो, मकान तो खाली भी रह सकता है न ?"

मुंशीजी की समझ में यह पहेली समा नहीं रही थी और दिवाकर साफ-साफ कुछ बतला नहीं रहे थे। लगता था कि जानते हैं लेकिन बतलाना नहीं चाहते...मनबोधलाल ने अपने को समझा-बुझा लिया और दूकान के अन्दर लौट आए।

चाय और लेमनड्राप खत्म हो रहे थे। नहाने का साबुन नहीं बचा था। अबकी अच्छी क्वालिटी के तीन अलग नमूने मँगवाने की बात दिमाग में आई। बिस्कुटों और चाकलेटों की खपत इधर दुगुनी हो गई थी। सूती और ऊनी स्वेटर भी रखने लगे थे...महीने के आखिरी दिनों में देशी ब्लेडों की माँग बढ़ जाती थी।

माल की खपत का अंदाज लेकर मनबोधलाल रोकड़-बही ले बैठे। हिसाब-किताब ठीक रखने में भांजा मदद करता था फिर भी एक बार रोज अपना बही-खाता आदि से अन्त तक देख जाना उनके लिए प्रमुख नित्यकर्म हो गया।

बारह बज गए थे, भूख लग आई थी। खाने के लिए ऊपर जाना ही चाहते थे कि एक बढ़िया कार आकर सामने रुक गई।

ड्राइवर नज़दीक आया। गौर से मुंशीजी की तरफ देखा और हुलसकर बोला, "प्रणाम मनबोधबाबू, जयमंगलसिंह का भतीजा हूँ मैं सुमंगल। मोतिहारी में एक ही कमरे में रहते थे हम लोग। याद है न ?"

पुराने परिचय की नई झलक ने मुंशीजी के चेहरे को चमका दिया मानो। आँखें फैल गईं, होंठ के कोने फैल गए। लाल मसूड़ों में जमे हुए छोटे दाँतों की कतार खिल उठी।

"कब से पटना हो ?" मुंशीजी ने पूछा, "बिलकुल बदल गए हो ! नहीं बतलाते तो पहचानना मुश्किल था सुमंगल !...गाड़ी किसकी है ?"

सुमंगल ने कहा, "यह मैं दूसरी बार गाड़ी लेकर आया हूँ, उस रोज तो रात का वक्त था। मुझे क्या पता कि यह औरंगाबादवाले हमारे उन्हीं मनबोध चाचा का मकान है कि जिनके साथ पन्द्रह वर्ष पहले मैं रहा था। दर्जा नौ के बाद ही स्कूल छूट गया तो चाचा ने मोटर चलाने की ट्रेनिंग दिला दी और तभी से मशीन का पुजारी हूँ। दो वर्ष हो गए यहाँ पटना में। हमारे मालिक हैं गंगा-पार के मशहूर जमींदार, दीघा में कोठी बनवाई है अस्सी हजार खर्च करके...फिर कभी आऊँगा चाचा, अभी जल्दी है...दासजी के रिश्ते की दो लड़कियाँ हैं न अन्दर ? उन्हें कोठी पहुँचाना है...कोइलवर में सोन के किनारे पिकनिक होगा, दो-तीन खेप में सभी वहाँ पहुँचेंगे..."

"ये लड़कियाँ क्या करेंगी वहाँ ?" मनबोधलाल ने पूछा। अन्दर ही अन्दर वह खुश हुए कि जानकारी के लिए अब सही सूत्र हाथ लगा है।

ड्राइवर बोला, "वाह ! सबकुछ इन्हीं पर तो है...इतनी अच्छा गाती हैं कि...फिलिम के गीत...आपको नहीं सुनाया है कभी ?"

मुंशीजी ने मुस्कुराकर कहा, "हमारे पास कार और कोठी कहाँ

है सुमंगल !”

जवाब में सुमंगल भी मुस्कुराया।

मुंशीजी ने अन्दर उन लड़कियों को खबर करवा दी और इधर रासलीला के बारे में सुमंगल से सुनते रहे। सत्ता और अवसरवादी राजनीति ने जिन पर नई कलई चढ़ा दी है, ज़मींदारों के वे वंशज किस किस्म का नैवेद्य किस तरह स्वीकार करते हैं और फिर भक्तजनों की कामना किस रूप में फलती है, सुमंगल की बातों से मनबोधलाल को इस सिलसिले में थोड़ा-बहुत मालूम हुआ।

कम्पाउंडर ने ठीक ही बतलाया था कि इन्हीं लड़कियों की बदौलत तिलकधारीदास की दो-तीन किताबें मंजूर होने जा रही थीं।

पाँच

उम्मी की माँ सेकेंड हैंड सिलाई-मशीन रखे हुए थी। पास-पड़ोस के परिवारों से कपड़े बटोर लाती और सिल-सिलाकर वापस दे आती।

बड़े बालोंवाला महिम कमर्शियल आर्टिस्ट था। पाँच-सात प्रेसों से उसका सम्बन्ध था और कूँची सधी हुई थी। स्कूली किताबों और बाल मासिक पत्रों के प्रकाशक उसकी कला पर मुग्ध थे। ढाई-तीन सौ रुपए कमा लेना कोई बड़ी बात नहीं थी। लेकिन पिछले कई वर्षों से महिम की तबीयत धंधे से उचट गई थी। बस, सौ-सवा सौ का काम करता था। बीच-बीच में सनक सवार हो जाती तो ज़्यादा काम भी कर डालता। बाकी वक्त सिगरेट धूँकना, मित्रों की गर्दन तोड़ना, ब्रिज खेलना, सिनेमा देखना, जासूसी उपन्यास चाटना और...

और दो-एक ऐसे काम भी महिम का वक्त लेते थे जिनके बारे में न बतलाना ही अच्छा है। दो दिन जो महिम के साथ रह लेता उसकी निगाहों से यह तथ्य छिप नहीं सकता कि क्यों एक कलाकार की प्रतिभा गोबर हो गई !

महिम ने निचले दो कमरे ले रखे थे, तीस रुपए भाड़ा देता था।

सुबह देर से बिस्तर छोड़ने की आदत थी।

उम्मी की माँ कपड़े पर कैंची चला रही थी, फ्रॉक तैयार करने थे।

महिम ने निंदासे स्वर में कहा, "पीठ दर्द कर रही है मामी !"

कैंची और कपड़ा एक ओर सहेजकर उम्मी की माँ करीब आ गई।

दोनों हाथों से पीठ चाँपते बोली, "आठ बज रहे हैं, कब उठोगे ? दानापुर जाना था न ?"

"दस बजे जाऊँगा।" महिम ने करवट बदलकर मुँह मामी की तरफ कर लिया और गुनगुनाने लगा :

"जनम अवधि हम रूप निहारल
नयन न तिरपति भेल... ।"

मामी को लगा कि उसके ही रूप की वन्दना कर रहा है महिम। चालीस की उम्र पार कर आई है तो क्या, अब भी उसका मुखमंडल भुलाने लायक नहीं है। एक बार दो-चार मिनट के लिए जो भी मर्द उम्मी की माँ के सामने हो लेगा, किसी-न-किसी बहाने वह बार-बार आएगा...

मामी ने महिम के बालों में उँगलियाँ उलझा दीं। सीने की समूची ताकत से उसे दबा लिया।

अब दोनों के चेहरे आमने-सामने थे। होंठों के दर्म्यान बस चार अंगुल का फासला रह गया था। साँसें टकरा रही थीं आपस में।

उम्मी की माँ ने कहा, "दूधवाला आता होगा।"

महिम मुस्कुराया, "आने दो..."

मामी ने होंठ बढ़ा दिए, "बस, इतना काफी है इस वक्त...लो, उठने भी तो दो।"

और वह सचमुच अलग हो गई...

"बड़ी पाजी हो !" महिम ने कहा।

"लो, अब इससे बातचीत करो !" मामी ने माचिस और सिगरेट लाके थमा दिया। पूछ लिया, "स्टोव जलाऊँ ?"

"दूध तो आ लेने दो रानीजी !"

उम्मी की माँ ने भौंहें चढ़ाकर महिम को देखा। मन ही मन लेकिन यह सम्बोधन घुलता रहा, गूँजता रहा कानों के अन्दर... 'रानीजी ! रानीजी ! रानीजी !'

उधर साँकल में खटका हुआ।

उम्मी की माँ ने जाकर दरवाज़ा खोल दिया। सामने कथाकार अशंकजी खड़े थे।

दोनों तरफ से मुस्कान और नमस्ते।

महिम ने कहा, "कहाँ मर गए थे !"

अशंक ने बतलाया, "नाना गए थे देह छोड़ने काशी ! बाबा विश्वनाथ की कृपा तो हुई किन्तु इसमें काफी विलम्ब हो गया...। कल ही आया हूँ तीन महीने बाद। किसी से नहीं मिला हूँ, तुम्हीं से मिलना था पहले...बताओ, अब अपना हाल-चाल..."

महिम अब तक पूरी सिगरेट धूँक चुका था। मामी से बोला, "चाय पीछे बना लेना, पहले चिवड़ा-मूँगफली तल लो। खाना भी इनका यहीं होगा, मैं जाके सब्ज़ी ले जाऊँगा।"

खाने की बात का विरोध किया आगंतुक ने, "बहुत सारे काम हैं, खाना कभी फिर खा जाएँगे महिम।"

महिम ने दो सिगरेट निकालीं। माचिस की जलती तीली अशंक की ओर बढ़ाकर बोला, "तो शाम का खाना आज मेरे साथ खाना।"

"नहीं, आज नहीं।" अशंक ने मजबूरी जाहिर की।

"इतने में निबट आऊँ ?"

"हाँ, हाँ, हो आओ !"

"लो, तब तक लिटरेरी नाश्ता करो..."

महिम ने 'धर्मयुग', 'कहानी', 'दीपावली', 'सरिता', आदि कई पत्र-पत्रिकाएँ सामने रख दीं।

स्टोव में किरासिन डालते वक्त थोड़ा तेल नीचे गिरकर फैल गया था। महिम पाखाने से आया तो उधर नजर गई।

वह मामी पर बरस पड़ा, "कैसी गधी हो, फर्श को चौपट कर दिया—हजार बार कहा कि सँभालकर स्टोव भरा करो मगर तुम हो कि कानों में रुई ठूँसे बैठी हो..."

मामी आहिस्ता से बोली, "फिनाइल से धो दूँगी फर्श..."

महिम का गुस्सा बेकाबू हो गया, "फिनाइल की नानी ! हटो

सामने से ! खुदा बचाए ऐसी फूहड़ औरत से..."

अशंक महिम की इस अशिष्टता पर क्षोभ के मारे घुटने लगा—ज़रा-सा किरासिन फर्श पर गिर गया तो कौन पहाड़ फट पड़ा ? मूर्ख कहीं का !

स्टोव जल चुका था।

उम्मी की माँ ने पानी भरकर केतली चढ़ा दी।

महिम का गुस्सा अभी गया नहीं था। लात से उसने केतली लुढ़का दी। स्टोव की आँच सो गई। बरामदे में पैर पटककर वह चीखा, "उल्लू की पट्ठी, मैं खुद ही चाय बना लूँगा..."

"क्या बात है महिम ?" उधर से अशंक ने टोका।

महिम ने कहा, "कुछ नहीं, तुम मैग्ज़ीन देखो...यह हमारा घरेलू मामला है अपना..."

अशंक का मन अन्दर ही अन्दर कुलबुला उठा, 'ठीक ही तो कहते हैं लोग...महिम-जैसा पतित पाटलिपुत्र की इस नगरी में दूसरा नहीं है। शराब और शराब और शराब...औरत और औरत और औरत...यह कौन होगी इसकी ? मामी ? सचमुच की मामी ? न, मामी नहीं होगी। इतना अपमान मामी तो नहीं बर्दाश्त करेगी !'

अशंक उठकर बाहर आया, बोला, "मैं अभी आया महिम, बस दस मिनट लगेंगे।"

महिम नटराज की तरह मुस्कुरा उठा, "नहीं, तुम नहीं आओगे ! सच-सच बतलाओ, लौट आओगे दस-पन्द्रह मिनट में ?"

अशंक ने सिर हिलाया। महिम ने साँस खींचकर कहा, "अपना छकड़ा तो यों ही चलता है...अच्छा, तो फिर हो ही आओ !"

और फिर कान में आहिस्ते से कहा, "मामी के लिए कोई काम खोज दो अशंक, नहीं तो यह मेरा दिमाग चाट जाएँगी।"

अशंक ने पूछा, "खादी का काम जानती हैं ?"

"करघा तो नहीं लेकिन चर्खा चला लेंगी।"

"पटना से बाहर पचास-साठ रुपए का काम मिले तो रहेंगी ?"

"क्या बात करते हो यार ! क्यों नहीं रहेंगी ?"

अबकी मुस्कुराहट में महिम के होंठ फैले तो लकीरनुमा मूँछों की इकहरी ब्रैकेट खिल उठी।

"अच्छा, देखेंगे।"

अशंक बाहर निकल आया।

बड़ी सड़क पर एक रेस्तराँ मैं बैठकर कचौड़ियों का आर्डर दिया।

दिमाग लेकिन महिम और उसकी मामी की बातों में ही उलझा रहा...महिम कलकत्ता रहा था, बनारस रह चुका था, भागलपुर-मुजफ्फरपुर की गलियों से भी परिचित था। खाते-पीते परिवार का युवक। जिससे शादी हुई थी उस औरत को छोड़े कई वर्ष हो रहे थे। आठ-नौ साल का एक बड़ा लड़का भी था। वे दोनों दादा-दादी के साथ रहते थे। महिम का मूड उनकी तरफ आइंदा कभी मुलायम होगा, इसकी आशा नहीं रह गई थी किसी को...सस्ती किस्म की दारू और ताड़ी पी-पीकर उसने अपनी तंदुरुस्ती चौपट कर ली थी...आदर-सम्मान का तो सवाल ही नहीं उठता था...।

पीतल की छोटी थाली में चार कचौड़ियाँ, आलू-गोभी का साग...नेपाली छोकरे ने पूछ लिया, "अउर क्या लेगा बाबूजी ?"

अशंक ने कहा, "फौरन दो रसगुल्ले दे जाओ, चाय पीछे लाना !"

नेपाली दूसरे-दूसरे ग्राहकों को पूछता हुआ चला गया।

रसगुल्ले आए, फिर चाय आई। अशंक ने सोचा, महिम के पास आधा घंटा बाद जाएगा। इतने में दो-एक मित्रों से और मिल आएगा।

रेस्तराँ से निकलकर पान के दो बीड़े लिए। कदमकुआँ के लिए रिक्शा लिया और पानवाले से पन्द्रह आने रेज़गारी ली।

लौटने में कुछ देर हो गई। महिम निकल चुका था।

मामी ने स्वागत किया। बोली, "चाय तो पी ही लीजिए।"

खौलने के लिए चाय का पानी स्टोव पर बैठाकर मामी नज़दीक आई। अशंक बाँसवाली आरामकुर्सी पर बैठा था। मामी बिना बाँहोंवाली कुर्सी पर बैठ गई। संजीदगी से मुस्कुराकर कहा, "आपकी कहानियों का वह संकलन मैंने देखा है जो इलाहाबाद में छपा था..."

"कैसी लगीं कहानियाँ ?" अशंक ने पूछा।

"बहुत अच्छी," मामी बोली, "परिवार की डाल से चूकी हुई औरतों के प्रति आपकी हमदर्दी मुझे अनूठी लगी। तब आप मुझे भी

अपने पात्रों में शामिल कर लीजिए...कल्पित पात्रों के प्रति जब आपकी सहानुभूति उतनी गहरी थी तो ज़िन्दा पात्रों की दिक्कतें आपसे भला कैसे देखी जाएँगी ? मैंने आपके बारे में महिमजी से काफी सुना है। मैं आपसे फिर मिलना चाहती थी। अभी देखा न ? ज़रा-सी भूल हुई कि गधी-सुअर-उल्लू बना डाला। अब इनके साथ मेरा निभेगा नहीं...आप कहीं कोई काम दिलवा दीजिए..."

'धर्मयुग' के पन्ने उलट रहा था अशंक। बीचों-बीच दो पेजों में घड़ियोंवाली एक मशहूर कम्पनी का चटकीला विज्ञापन था। निगाहें अड़ गईं, कान लेकिन पीड़ित महिला की आपबीती सुनना चाहते थे। और मौन ? वह तो उपयोगिता के हिसाब से ही इस कथावस्तु को तौलने जा रहा था।

निगाहों को पन्नों में उलझाए रखकर ही अशंक कह गया, "एक बार आपने बतलाया था, गोरखपुर के देहात में आपका पूरा परिवार है। पति मौजूद हैं। तो फिर आप लौट क्यों न जाती हैं घर ? महिम तो आपको लाए थे इलाज करवाने, आठ-दस महीने हो गए न ?"

मामी स्टोव में हवा भर आई। लगा कि थोड़ा-सा खुलना चाहिए। बोली, "अब आपसे क्या छुपाऊँ ? सोलह वर्ष की लड़की थी। वही हुई मेरी मुसीबत की जड़। पड़ोस में दूसरी बिरादरी का एक नौजवान था, पढ़ाने आता था उर्मिला को। गुपचुप दोनों उलझ गए। सबकुछ हो गया। हमें क्या पता कि उम्मी माँ बनने को तैयार है। मैंने बड़ी कोशिश की कि दोनों ब्याह कर लें, नाहक एक जीव की हत्या तो न होगी। मगर लड़की के पिता ने नहीं माना, उन्हें बिरादरी का आतंक था। समझा-बुझाकर उम्मी को अस्पताल ले गए और पेट साफ करवा लाए...फिर चार-छै महीने के अन्दर ही चालीस-पैंतालीस के एक अधेड़ को छोकरी के गले मढ़ दिया...मैं राज़ी नहीं हो रही थी तो मुझे डंडों से पीटा गया, लगातार कई दिनों तक अँधेरी कोठरी में बन्द रखा गया। दाना-पानी बन्द, बातचीत बन्द। बोले, "शोर मचाओगी तो गला घोंट दूँगा।..." अब मैं सोचती हूँ कि मुझे खुद ही डूब मरना चाहिए था...और तब जो मैं बीमार पड़ी तो बदन हड्डियों का ढाँचा ही रह गया। दो-एक महीने बाद मर ही जाती मगर महिमजी पटना ले आए। पहले भी इस अभागिन पर

इनका नेह-छोह था और पीछे तो जेठ की धरती पर आषाढ़ का बादल बनकर छा गए। रुपए-पैसे की किल्लत रहती है, आमदनी का रास्ता महिमजी के लिए सँकरा है। हाथ खाली हों और हमेशा खाली ही रहने लगें तो दिल-दिमाग को लकवा मार जाता है। दया-माया, नेह-छोह सबकुछ सूख जाता है अशंक बाबू ! देखा, कैसा चिड़चिड़े हो गए हैं !...मैं लौटकर देहात की ओर नहीं जाऊँगी। और यह भी नहीं चाहती कि जीवन-भर इनका बोझ बनी रहूँ...आप जैसे सज्जनों की कृपा रही तो मैं धन्य समझूँगी अपने को..."

पानी खौल चुका था। चाय तैयार हुई।

मामी प्याला आगे बढ़ाकर बोली, "चीनी आप कम लेते हैं, मैं भूली नहीं हूँ।"

अशंक ने मुस्कुराकर कहा, "और महिम !"

"वो तो चाय के नाम पर दूध-चीनी का गरम शर्बत ही पीते हैं।" मामी को हँसी आ गई।

छह

’30 से ’50 तक...लगातार बीस वर्षों तक खादी पहनी थी और अब रत्ती-भर भी आग्रह नहीं रह गया था उसके लिए। देवताओं की पूजा के समय साधकगण रेशमी वस्त्रों का इस्तेमाल करते हैं, ठीक उसी तरह दिवाकरजी खादी को काम में लाते थे। मिनिस्टरों और ऊँचे अधिकारियों के यहाँ जाने से पहले खादी की याद आती थी। सभाओं-समारोहों में पुराने मित्रों के बीच खादी का पहनावा त्याग और गौरव का सौरभ फैलाता था। गांधी-जयंती के अवसर पर अक्टूबर में फी रुपए इकत्तीस पैसे की छूट ध्यान को बरबस खादी की ओर खींचती थी...और दो-एक कारण और थे : परिचय दस-बीस साल का पुराना था, इसी से खादी-भंडारवाले उधार पर भी कपड़े दे देते थे, ‘नुकसान माल’ वाले स्टाक से ऊनी और अंडी माल मेहरबान मित्रों की बदौलत घर आ जाते थे !

ग्रामोद्योग संघवाली दूकान से कश्मीरी पट्टी लेकर बंगाली दर्ज़ी ‘मित्रा एंड सन्ज़’ से कोट तैयार करवाया था। आज वही पहनकर निकले सम्पादकजी।

भारत कॉफे में मसाला-डोसा लिया, कॉफ़ी पी।

पान के दो बीड़े और बेली रोड। रिक्शा बाईं ओर हाते के अन्दर आया।

क्यारियाँ क्या थीं, धरती पर रंग-बिरंगे स्कार्फ फैले थे। अन्दर बँगले तक गोल रास्ता, लाल रंग की पथरी बिछी थी। चारों ओर बाग थे।

बरसाती के करीब रिक्शा रुका।

दुअन्नी के लिए रिक्शेवाले से झड़प हो गई सम्पादकजी की।

आखिर दस आने सीटवाले गद्दे पर रखकर दिवाकर ने कहा, "अब और एक धेला भी नहीं मिलेगा..."

"तो यह भी लेते जाइए!" रिक्शावाला बोला। मगर दिवाकरजी तीन सीढ़ियाँ ऊपर चढ़कर बरामदे में दाहिनी तरफ पी.ए. (पर्सनल असिस्टेंट) वाले कमरे के अन्दर जा चुके थे।

रिक्शावाला नौजवान था। तैश में ऊपर चढ़ आया। कमरे के अन्दर झाँकने ही वाला था कि चपरासी ने रोक दिया, "नहीं-नहीं, इधर नहीं।"

"वाह, क्यों नहीं ! मेरी दुअन्नी नहीं मिलेगी ?"

चपरासी हाथ पकड़कर उसे बरसाती के बाहर ले आया। पीठ पर हाथ फेरता हुआ आहिस्ता से बोला, "नहीं देना चाहता है तो अब तुम उसका क्या कर लोगे? मिनिस्टर की कोठी है, जोर-ज़बर्दस्ती नहीं चलेगी यहाँ...जितना मिला, उसी में सन्तोष करो बेटा।...जाओ !"

"सफेदपोश डाकू," रिक्शावाले ने थूककर कहा, "कसाई कहीं का ! किस सफाई से गरीबों का गला काटता है ! और, अन्दर कुर्सी पर बैठकर नानी को फोन कर रहा होगा..."

चपरासी उसे चुप रहने का और बाहर निकल जाने का इशारा दे रहा था मगर धोखा खाए हुए मज़दूर की जबान रुकना नहीं चाहती थी। अधेड़ चपरासी को वैसे पूरी हमदर्दी थी रिक्शावाले के प्रति। वह चाहता था कि बात खत्म हो। उसने फुसफुसाकर कान में कहा, "सड़क पर कहीं दिखाई पड़े तो पकड़ना, यहाँ देखते हो न, मिलिटरी का पहरा है..."

रिक्शावाला गम्भीर स्वर में बोला, "मगर चाचा, यह तो भारी

जुलुम है न ? कम-से-कम मिनिस्टर के यहाँ तो बेइंसाफी नहीं चलनी चाहिए !"

"अभी तुम बच्चा हो," चपरासी मुस्कुराया, "अरे, इन्हीं कोठियों के अन्दर तो अन्याय पनाह लेता है आकर ! सरकार अभी इन्हीं कोठियों और बँगलों में कैद है, उसे तुम तक पहुँचने में दस-बीस वर्ष लग जाएँगे अभी !"

समझा-बुझाकर और चुमकार-पुचकारकर चपरासी ने रिक्शावाले को रवाना किया।

सम्पादकजी मंत्री महोदय से बातें कर रहे थे, ऊपर दुतल्ले पर। मुलायम कुर्सियाँ, गद्देदार कोच, मोटे कोचोंवाली गोल-गोल नफीस तिपाइयाँ। दीवार पर एक ओर बापू, दूसरी तरफ विनोबा। बाहर खिड़कियों और दरवाज़ों में काटेज इंडस्ट्री के कीमती चटकीले पर्दे झूल रहे थे।

बातों का सिलसिला अयूब खाँ, दिल्ली की भारत प्रदर्शनी, राष्ट्रसंघ में मेनन का भाषण आदि को छूता हुआ पत्रकारिता पर आ गया। दो अंग्रेज़ी दैनिक थे राज्य में। एक सरकार का पूरा साथ दे रहा था, दूसरा तना हुआ था क्योंकि उसका दक्षिणी सम्पादक स्वाभिमानी था। मुख्यमंत्री के गुटवाले उसे सनकी कहते थे।

दिवाकरजी अपने मतलब की बात पर आ गए, "आठों लेख छप चुके हैं, चार और ले आया हूँ। इन्हें बिहार के बाहर छपने के लिए लिखा है।"

टाइप किए हुए चारों लेख मंत्रीजी के हाथों में आ गए। उन्होंने प्रसन्न आँखों से देखा, 'बिहार की सांस्कृतिक देन,' 'बौद्धधर्म और बिहार,' 'भारतीय दर्शन के विकास में बिहार का स्थान,' 'संस्कृतियों का संगम-स्थान बिहार'—चारों शीर्षक मंत्रीजी को अच्छे लगे।

मंत्रीजी ने काले रंग की 'माउंट ब्लैक' पेन निकाली और शीर्षकों के नीचे अपना नाम बैठा दिया...सोचा, कितने चाव से लोग इन्हें पढ़ेंगे ! इस राज्य के एक शासक की विद्वत्ता का लोहा उन्हें मानना ही पड़ेगा...और पाँच साल के बाद भी लोग मुझे याद रखेंगे...कीर्तिर्यस्य स जीवति !

दिवाकरजी ने कहा, "बीस-पच्चीस हो जाएँ तो इनका संकलन पुस्तक के रूप में निकल आएगा। प्रकाशक तो अभी से तैयार बैठा

है। आप भी उसे पहचानते हैं।"

"कौन ?" मंत्रीजी ने जम्हाई लेकर पूछा।

दिवाकरजी बोले, "तिलकधारीदास...और कौन है वैसा भक्त आपका ? मैंने तो कह दिया है कि अगले वर्ष मिलेगा। छपाई लेकिन कलकत्ते की रहेगी। मान गया है जानकी बाबू !"

आनरेबुल मिनिस्टर जानकी बाबू का चेहरा खुशी में चमक उठा, कहने लगे, "दिवाकरजी, आपने ठोंक-पीटकर मुझे साहित्यकार बना दिया ! देखिए न, उत्तर प्रदेश की एक साहित्यिक संस्था ने अपने वार्षिक समारोह का उद्‌घाटन मुझसे करवाना चाहा है...उन्हें क्या पता कि जानकीनाथ साइंस का स्टूडेंट था...बतलाइए, अब मैं क्या करूँ ?"

"स्वीकृति का पत्र फौरन भिजवा दीजिए," दिवाकरजी ने चुटकी बजाकर कहा, "मैं नीचे सेक्रेटरी साहब से कहके अभी पत्र भिजवा देता हूँ..."

जानकी बाबू का माथा फिक्र में हाथ पर टिक गया। सोचने लगे, 'उद्‌घाटनवाला भाषण दिवाकरजी पहले ही तैयार कर लेंगे और वह छपवा भी लिया जाएगा। लेकिन समारोह के समय वहाँ के साहित्य-प्रेमियों से मैं बातचीत क्या कर पाऊँगा ? राजनीति की तरह साहित्य की भी अपनी समस्याएँ होंगी और मैं उन्हें क्या समझूँगा ?...लोग मुझे बौड़म कहेंगे !'

मंत्री महोदय युवक थे और लाज-शरम अभी कुछ शेष थी, उन्होंने उद्‌घाटनवाला निमंत्रण कबूल नहीं किया। दिवाकर ने बहुत ज़ोर दिया मगर वे राज़ी नहीं हुए।

दस-दस के बीस नोट मंत्रीजी ने थमाए तो दिवाकर की तबीयत खिल गई। खानसामा दालमोठ-समोसे और रसगुल्ले रख गया था। मंत्रीजी का इंगित पाकर दिवाकरजी उधर झुक गए।

ज़रा देर बाद कॉफी के दो प्याले आए।

कॉफ़ी पीते समय बातें भी चलती रहीं। "लोगों में नैतिकता का अभाव हो गया है," दिवाकरजी ने कहा, "नैतिकता का रोना तो सभी रोते हैं किन्तु अमल के वक्त सबकी आँखें मुँद जाती हैं..."

जानकी बाबू बोले, "हमारी आँखें मुँदती तो नहीं लेकिन आँखें खुली रखकर भी बाज़ वक्त हम मजबूर होते हैं..."

"हुँ" दिवाकरजी ने अनमनेपन का अभिनय किया। मन ही मन बोले, "मैं लेख लिखता हूँ, वे आपके नाम से छपते हैं और मैं आपसे रुपए पाता हूँ...आपको भी अच्छा लगता है। और मुझको भी अच्छा लगता है !"

"लेकिन दिवाकरजी," मंत्रीजी ने बात की कड़ी जोड़ी, "तीसरी पंचवार्षिक योजना के सफल होते-होते हमारे देश की कायापलट हो जाएगी। आर्थिक विकास के बाद राष्ट्र का एक-एक व्यक्ति नैतिकता का प्रहरी होगा और तब हमारे सारे सपने पूरे होंगे..."

फोन की घंटी बज उठी तो मंत्री महोदय ने उधर हाथ बढ़ाकर रिसीवर उठा लिया...

राज्यपाल नेपाल-नरेश के सम्मान में चाय-पार्टी दे रहे थे परसों, उसी में शामिल होने का अनुरोध था...

जानकी बाबू ने प्रसन्नतापूर्वक स्वीकार कर लिया और फोन रख दिया। पश्मीने का स्लेटी रंगवाला कुर्त्ता...चन्दन की मैसूरी बटन के चारों दाने...सोने की नगदार अँगूठी...नीचे पैरों के पास चीनी मॉडल की चप्पलें...कुल मिलाकर मंत्री महानुभाव अधिकाधिक भव्य लग रहे थे। पासवाली गोल तिपाई पर अंग्रेज़ी के पाँच-सात दैनिक पड़े थे। कोने के बुकशेल्फ पर अपनी क्लासिक मुद्राओं में 'तीन बन्दर' मानो इधर ही रुख किए हुए थे।

दिवाकर अभी कुछ देर और बैठते लेकिन उन बन्दरों ने ही शायद उन्हें मना किया। मंत्रीजी को नमस्कार करके निकल आए।

बेली रोड के नुक्कड़ पर पान की दूकान थी। चार बीड़े पान, चुटकी-भर ज़र्दा और चूना...रिक्शा बिना बुलाए ही सामने आके खड़ा हो गया था।

दिवाकरजी लौटे तो मुंशी मनबोधलाल कुतिया के बच्चों की निगरानी कर रहे थे। दूकान के नीचे, सड़क के किनारे बोरी बिछा दी थी। दोनों पिल्ले आराम से लेटे थे और पूस की दुपहरी में धूप सेंक रहे थे। कुतिया आश्वस्त थी, पास ही खड़ी पूँछ हिला रही थी। बीच-बीच में ओठों पर पतली जीभ फेर लेती थी।

दिवाकर को यह दृश्य अद्भुत लगा, बरबस खड़े हो गए।

मुंशीजी ने कहा, "क्या देख रहे हैं, सम्पादकजी ?"

"नर्सरी देख रहा हूँ आपकी," दिवाकर बोले और मुस्कुराते रहे। निगाहें बारी-बारी से कुतिया पर, पिल्लों पर और उनके आश्रयदाता पर पड़ रही थीं।

मनबोधलाल का भांजा दूकान के अन्दर से बोला, "यह एक अच्छा खटराग पाल लिया है मामा ने ! इंसान भी जच्चा-बच्चा का इतना खयाल नहीं रखता है...बुढ़उती में मामा का दिल कितना मुलायम हो गया है !"

गर्दन सहलाते-सहलाते दिवाकर ने कुतिया की ओर दाहिना हाथ उठाया, कहने लगे, "यह तो साल-भर बीमार थी ! देखो न, समूचे बदन पर बाल नहीं उग सके हैं अब भी ! कुत्तों की बिरादरी में अगर कहीं कोई बदसूरत भिखारिन रही होगी तो बस वह यही है...मैंने समझ लिया था कि मर गई होगी, गीध और स्यार नोच-नोचकर खा गए होंगे...लेकिन यहाँ तो ठूँठ में से कोंपलें निकल आई हैं, वार रे विधाता के चमत्कार !"

कुतिया पिल्लों को छेड़ना चाहती थी मगर मुंशीजी उसे रोक रहे थे। मकान के छज्जे की छाँह बोरी का पीछा कर रही थी लेकिन मनबोधलाल धूप की तरफ बढ़ा देते थे। लगता था कि कुतिया का पेट भरा हुआ है। वह पिल्लों को छोड़कर अलग जाना नहीं चाहती थी और मुंशीजी ही उसे भगाना चाहते थे। शोख और सयानी बेटी की तरह कुतिया उनके इर्द-गिर्द मँडरा रही थी। वह बैठे हुए थे। मुँह के अन्दर सुपारी का टुकड़ा था, जबड़ों में हरकत थी। निगाहें ममता में डूबी हुई। चेहरे पर स्वाभाविक खुशी और तरल गम्भीरता।

कुतिया अपने बच्चों के प्रति मुंशीजी की इस ममता को अच्छी तरह समझ रही थी। कृतज्ञता के तौर पर वह उनकी बाँहों को, घुटनों को, पीठ को, पैरों को सूँघ लेती थी रह-रहकर। एक बार उसने मनबोधलाल की कलाई चाट ली तो बेचारी को झिड़की खानी पड़ी !

दिवाकर दस मिनट खड़े रहे दूकान के पास। मुंशीजी का भांजा उनसे बातें करता रहा।

अन्दर जाने लगे तो मुंशीजी ने कहा, "बच्चे तो सबके बराबर होते हैं न सम्पादकजी ? बस, दस-बीस रोज़ की कसर है। फिर तो दोनों पिल्ले खुद ही उछलते फिरेंगे। नहीं सम्पादकजी ? मैं ठीक

कहता हूँ न ?"

भांजे को हँसी आ गई, बोला, "और कुतिया को दोनों जून भात और मसूर की दाल खिलाते हो। लो, अब हर साल अगहन-पूस में खिदमत करते रहो साली की...ना, मैं नहीं चलने दूँगा मिशनरी का यह सेवाश्रम...नाव पर चढ़ाकर मैं इसको गंगा के उस पार सबलपुर के दियारे में छोड़ आऊँगा सम्पादकजी !"

"सुन ली मुंशीजी आपने ?" दिवाकर ने गर्दन घुमाकर कहा। उनका एक पैर मकान के सदर फाटक के अन्दर पड़ चुका था। भूख लग आई थी लेकिन मनबोधलाल की ममता का जादू दिमाग पर छा गया था...यह मक्खीचूस और जाहिल आदमी अपने अन्दर ऐसा बढ़िया दिल छिपाए हुए है !...पथरीले मैदान के अन्दर मीठे पानी का यह स्रोत !...दिवाकर मनबोधलाल की ओर देख रहे थे।

भांजे की बात का जवाब नहीं दिया मुंशीजी ने और न घूमकर दिवाकर की तरफ देखा ही।

वे बारी-बारी से पिल्लों की पीठ और गर्दन सहला रहे थे।

सात

कल देवर आया था और दिन में ग्यारह से चार बजे तक बातें करता रहा।

आज कम्पाउंडर की बीवी बेहद खुश नज़र आ रही थी।

मछली मँगवाई थी आधा सेर, डेढ़ रुपए की। मुंगेरीलाल को यह अच्छा नहीं लगा। बोला, "पन्द्रह तारीख के बाद बाज़ार से रुपए-दो रुपए की चीज़-बस्त मत मँगवाया करो, हाथ खाली रहते हैं न ?"

बीवी सरसों पीस रही थी, मछली के झोल में डालने के लिए। छमककर कहा, "अपनी जेब तो देख ली होती...किसी के पैसे नहीं छुए हैं मैंने !"

"अच्छा बाबा, जल्दी करो !" कम्पाउंडर साइकिल की झाड़-पोंछ में लगा था, झल्लाकर बोला।

"कै बजे हैं ?"

"सवा नौ। वक्त नहीं रह गया है अब।"

"तो आओ न !"

उसे मालूम था कि अभी इन्हें पन्द्रह मिनट लग जाएँगे, तब तक मछली का झोल तैयार हो जाएगा। पत्थर के कोयले की आँच में यही तो खूबी है कि पकने-सीझने में देर नहीं लगती।

रेहू मछली मुँगेरीलाल को प्यारी थी। खाने बैठे तो छै टुकड़े खा गए। भिंडी की भाजिया थी, छुई तक नहीं।

पान की गिलौरी मुँह के अन्दर दबाकर साइकिल सँभाली और बाहर निकल आए बाबू मुँगेरीलाल।

घरवाले से फुर्सत पाकर कम्पाउंडर की बीवी ने चूल्हे पर पानी-भरा पतीला बैठा दिया। कई रोज़ से नहाई नहीं थी और दो-तीन हल्के कपड़े भी साफ करने थे। पति की जूठी थाली में ही माछ-भात परोस लिया। साढ़े दस बजे यह उसका 'ब्रेकफास्ट' था।

भुवनेसरी आ धमकी, पूछा, "गंगा आज भी नहीं गई जीजी ?"

"काफी देर लग जाती है," भरे गालोंवाले मुँह से मोटी आवाज़ का जवाब आया। वह खा रही थी।

"तो हम साथ नहाएँगे !"

"इसी बाथरूम में ?"

"हाँ, इसी में। क्यों, तुमको शरम लगेगी ?"

"नहीं, छोटा है बाथरूम।"

"दिल में तो बैठा लोगी न ?"

कम्पाउंडर की बीवी को भुवन के इस सवाल पर शरारत सूझी। बाएँ हाथ से उसने भुवन को पास बुला लिया। कान से मुँह लगाकर कहा, "अच्छा होता कि मैं तेरा मर्द होती..."

"उँह..." भुवनेसरी ने उसके गाल में चिकोटी काट ली।

कम्पाउंडर की बीवी खा चुकी थी। मछली का एक अच्छा-सा टुकड़ा बाकी बचा था। उसमें से आधा तोड़कर भुवनेसरी के मुँह में ठूँस दिया उसने, बोली, "ले, खा भी तो ! यह चीज़ बैकुंठ में भी नहीं मिलती है भुवन !"

भुवन ने गर्दन घुमाकर दरवाज़े की ओर शंकित दृष्टि से देखा, "नहीं, कोई नहीं देख रहा है। बुआ ? बुआ तो सो रही हैं। वह यहाँ कहाँ से आएँगी। कोई नहीं देख रहा है भुवन, बल्कि वह दूसरा आधा टुकड़ा भी ले सकती हो !..."

हाथ-मुँह धोते-धोते भुवन ने बतलाया, "मैं बचपन में मछली

खाती थी, बाद में उन लोगों ने कसम देकर छुड़वा दिया।"

"ससुरालवालों ने ?"

भुवनेसरी चुप रही। उसे पछतावा होने लगा कि क्या निकल गया जुबान से ! बुआ ने मना किया था न ? ठीक ही मना किया था। ज़्यादा मेल-मिलाप दिल को घुला डालता है...भुवनेसरी लाख अपने को समझाती है, लाख धमकाती है अपने को ! मगर मन नहीं मानता। कम्पाउंडर की बीवी क्या कोई मामूली डायन है ? ऐसा जादू कर दिया है कि न मन को चैन न तन को चैन ! मदारी की तरह उसने भुवन को अपने काबू में कर लिया है, उसके बिना भुवन रह ही नहीं सकती...तो, आहिस्ता-आहिस्ता क्या वह भुवन की सारी बातें मालूम कर लेगी ?...डर के मारे भुवनेसरी को पसीना आ गया।

पान की दो गिलौरियाँ बनाईं। एक अपने लिए, दूसरी भुवनेसरी के लिए। कम्पाउंडर की बीवी पान की शौकीन तो थी ही, ज़र्दा भी फाँकती थी। घरवाला लेकिन सिगरेट धूँकता था।

भुवनेसरी पर कम्पाउंडर की बीवी को दया आने लगी थी। अब वह भुवन के मर्म तक पहुँचना चाहती थी, उसकी व्यथा के बारे में जानना चाहती थी। बुआ और चाचा के सिलसिले में उसने अब ज़्यादा से ज़्यादा सोचना शुरू कर दिया था। ईर्ष्या और द्वेष के बदले ममता और प्यार छलकने लगे थे।

बुखार चढ़ा था तो भुवनेसरी खाना पका गई थी। कम्पाउंडर को होटल में नहीं खाना पड़ा था। सारा दिन इसी घर में रही थी, गिरस्ती के छोटे-मोटे सभी काम किए थे।

दूसरे परिवार में इस तरह भुवन का घुलना-मिलना बुआ को पसन्द नहीं था। लेकिन न तो कम्पाउंडर की बीवी से रहा गया और न भुवन से। साधारण परिचय अब गाढ़ी आत्मीयता में बदल रहा था। कई बार दोनों साथ सिनेमा देख आई थीं। बुआ ने भी टोकना छोड़ दिया था। उसे कम्पाउंडर की बीवी घूस के तौर पर बाज़ार से चटोरी चीज़ें ला देती थी। घंटों बैठकर गप्पें लड़ाती और पास-पड़ोस के बारे में गलत-सही सूचनाएँ पहुँचाती।

भुवनेसरी के पीठ के निशानों के बारे में कम्पाउंडर की बीवी ने फिर पूछ दिया, "महात्मा ने पीटा था या राक्षस ने ?"

आज वह कुछ नहीं बोली, चुप रह गई। सोचने लगी, "अब

खुलने में कोई हर्ज नहीं है।"

सहानुभूति से लगातार सींचा हुआ हृदय ही वह भूमि है जहाँ विश्वास का अंकुर फूटता होगा...

बाथरूम से पेटीकोट पहने बाहर निकल चुकी थीं दोनों। कम्पाउंडर की बीवी ने ट्रंक से दो साड़ियाँ निकालीं। एक साड़ी मद्रासी थी, दूसरी बंगाल के हैंडलूम की। मद्रासी साड़ी भुवन को थमाती हुई वह बोली, "मेरी कसम, ना मत करना ! बस पहन ही ले ! मेरे कोई बहन नहीं थी, अब आज से तू बहन हुई मेरी ! समझा न ?"

ऐसा अपनापा ! इतना प्यार !...भुवनेसरी की आँखें गीली हो आईं, होंठ फड़कने लगे। एक भी अक्षर मुँह से निकल नहीं पाया। विह्वल मुद्रा में वह दो मिनट खड़ी रह गई।

कम्पाउंडर की बीवी का मायके का नाम था निर्मला। प्यार में लोग 'नीरू' कहते थे। यह सब एक बार वह भुवन को बता चुकी थी। इस समय लेकिन वह दीदी की विशुद्ध भूमिका में विराजमान थी—सगी बहन की गाढ़ी ममता उसकी निगाहों में छलक रही थी।

भुवन को पशोपेश में देखकर वह आगे बढ़ आई, बाँहों में लेकर छाती से लगा लिया। भीगी आवाज़ में कहने लगी, "ठीक है कि मैं तेरे लिए ज़्यादा कुछ कर नहीं सकती, मामूली हैसियत है हमारी। लेकिन तुझे मैं सगी बहन का प्यार ज़रूर दे सकूँगी...जाने किन मुसीबतों ने तुझे यहाँ तक पहुँचाया है ! जाने किस्मत तुझे कहाँ-कहाँ भटकाएगी ! एक बार बिछुड़कर फिर दुबारा जाने हम कब मिल पाएँगे !..."

नीरू ने ठुड्डी उठाकर भुवन का चेहरा देखा। उसकी आँखों से आँसू बहे थे। हाथों से साड़ी थामे थी, जिसकी ऊपरी तह जगह-जगह भीग गई थी...लम्बी छरहरी सुडौल देह, गोल गर्दन, गठी हुई बाँहें...घुटी हुई रुलाई ने चौड़े कंधों में सिकुड़न पैदा कर दी थी...

अपनी साड़ी के पल्ले से भुवन के आँसू पोंछते-पोंछते बोली, "पगली कहीं की, इस तरह रोया नहीं करते ! कभी कुछ बताया भी तो नहीं तूने ! चाहे कैसी भी है, मेरी बहन है तू..."

सूखने के बदले आँसू और भी वेग में आ गए। अब तक की

घुटी हुई रुलाई हिचकियों के रूप में फूट निकली। भुवन ने निढाल होकर अपना सिर नीरू के कंधे पर डाल दिया।

नीरू ने ले जाकर उसे पलँग पर बिठाया और दरवाज़ा बन्द कर आई।

भुवन ने उठकर साड़ी पहन ली। मुँह धो आई और दीवार की खूँटी में लटकते आईने के सामने खड़ी हुई। बड़ी-बड़ी आँखें आँसू बहाते-बहाते सुर्ख हो गई थीं। बरौनियों के छोटे-छोटे मुलायम बाल बड़े और कड़े दीख रहे थे। पपोटों पर बारीक नसें उभर आई थीं। कपार की मोटी नसों में कंपन मौजूद था। चेहरे का रंग मानो अब तक चिढ़ा था।

कंघी ले आई और बाल सँवारने लगी।

निर्मला ने कहा, "ला, मैं सँवार दूँ !"

भुवनेसरी ने माथा हिलाकर इंकार किया, बोली, "लपेटकर बाँध लूँगी।" क्षण-भर बाद गम्भीर हो गई। पलकें उठाकर कहा, "दीदी, तुम मुझसे अलग ही रहतीं तो अच्छा था। मैं अभागिन हूँ, जीवन-भर अभागिन ही रहूँगी। अंदेशा इसी बात का है कि मेरी बदनसीबी कहीं तुमको भी न छू ले।...जिसे भुवन कहती आई हो वह भुवन नहीं, इन्दिरा है। पिताजी ने इन्दिरा रखा था मेरा नाम...दीदी, तुम मुझे इन्दिरा ही कहा करो ! बोलो, कहोगी न इन्दिरा ?"

"हाँ, अब से इन्दिरा ही कहा करूँगी।" नीरू बोली।

"लेकिन अकेले में।"

"हाँ, अकेले में।"

"दीदी भी अकेले में ?"

"हाँ, अकेले में।"

खट्-खट्-खट्-खट्।

"देखती हूँ, कौन है...इन्दिरा, तू जल्दी में तो नहीं है ?"

"नहीं दीदी, देखो कौन है।"

कम्पाउंडर की बीवी ने दरवाज़ा खोला। सामने डाकिया खड़ा था। बगल में चमड़े का थैला...आँखों पर चश्मा, कान की जड़ में पीली पेन्सिल लगी थी।

"रजिस्ट्री है...बाबू मुँगेरीलाल—दसखत करके आप ले लीजिए,

दसखत नहीं करेंगी तो कैसे मिलेगा ?"

वह वापस अन्दर हुई, भुवनेसरी ने पूछा, "कर दूँ दसखत ?"

"तो क्या हर्ज है इसमें !" भुवनेसरी ने भौंहें कड़ी करके उसका साहस बढ़ाया, "एक-आध हरफ की गलती हो फिर भी दसखत करके रजिस्ट्र ले लो, ज़रूरी है तभी तो रजिस्ट्री आई है दीदी !"

आखिर कम्पाउंडर की बीवी ने एक्नौलेजमेंटवाली स्लिप पर हस्ताक्षर किया...निमला देवी। डाकिया मुस्कुराया, "देवीजी ने अपने नाम में 'नि' के बाद आधा 'र्' छोड़ दिया था, जल्दबाजी में।" खैर, रजिस्ट्री चिट्ठी मिल गई।

खोलकर देखा, मायके का खत था। फागुन सुदि पंचमी बुधवार...छोटे भाई की शादी है...

"जाना ही पड़ेगा," नीरू बोली, "इन्दिरा, तू भी चलना साथ। तेरी तबीयत बहल जाएगी और तेरी वजह से मैं जल्दी वापस आ सकूँगी।"

भुवन ने कहा, "और बुआ ?"

"झाड़ू मार इस बुआ को !"

"सच ! वह मुझे जाने देगी ?"

"तू हाँ तो कर पहले !"

"मेरे हाँ करने से क्या बनेगा दीदी ?..."

"और तेरी दीदी क्या कोई तदबीर नहीं भिड़ा सकती ?"

भुवनेसरी को ध्यान आया, दीदी ने दरवाज़ा खुला ही छोड़ दिया है। वह जाकर साँकल चढ़ा आई। कम्पाउंडर की बीवी ने आदि से लेकर अन्त तक कई बार खत को पढ़ा। फिर भी तसल्ली नहीं हुई तो बोली, "ले इन्दिरा, सुना तो पढ़कर !"

समूची चिट्ठी सुनाकर भुवनेसरी ने कहा, "वाह, लिखावट कैसी बढ़िया है ! किसने लिखा है दीदी ? तुम तो ज़रूर पहचान गई होंगी..."

"लो, मैं ही नहीं पहचानूँगी..." दाएँ हाथ की दूसरी उँगली को ठोड़ी में धँसाकर वह बोली, "मझले भइया की घरवाली दर्जा दस तक पढ़ी-लिखी है न ! माँ ने उसी से लिखवाया है। मेरे मायके में इतनी अच्छी लिखावट किसी की नहीं होती, एक नागेसर को छोड़कर। और वह नागेसर ? पढ़ा-लिखा है लेकिन गाँव नहीं छूटता

है उससे। पाटी का काम करता है। घर में एक पैसा भी नहीं दिया है आज तक। आदमी लेकिन हीरा है...इन्दिरा, मैं तुझे उससे ज़रूर मिलाऊँगी, ज़रूर।"

आठ

बी.एन. शर्मा।

हाँ, फाटकवाले दरवाज़े पर चाक से यही नाम लिख दिया था किसी ने। और भुवनेसरी का 'चाचा' सचमुच इसी नाम से हस्ताक्षर करता था—बी.एन. शर्मा—उसका पूरा नाम क्या है, सबको मालूम नहीं था। लोगों से मिलना-जुलना भी उसका कम ही था। हाँ, तिलकधारीदास की दूकान उसके लिए अपरिचित जगह नहीं थी। दासजी के साथ रिक्शे पर भी शर्मा को कभी-कभी देखा जा सकता है।

मुंशीजी अपने इस किराएदार के भी प्रशंसक थे। किराएदार की भलमनसाहत का एक ही मापदंड मनबोधलाल का था : ठीक दूसरी तारीख को पूरी रकम थमा दे। बेशक, ऐसा वही करेगा जो सरकारी सर्विस में होगा। यूनिवर्सिटी, हाईकोर्ट, दरभंगा के महाराजा का 'इंडियन नेशन' वाला दफ्तर...वक्त पर वेतन देनेवाली संस्थाओं में इनकी भी अच्छी शुहरत थी। बाकी जगहों में काम करनेवाले लोगों के बारे में मुंशीजी को तसल्ली नहीं थी। इसीलिए कमरा या

खोली देने से पहले किराएदार से वे बीस किस्म के सवाल करते थे। पत्रकारों, कलाकारों, कवियों, साहित्यकारों और राजनीतिक कार्यकर्ताओं से कतराना मनबोधलाल का स्वभाव हो गया था।—ठीक वक्त पर किराया देनेवाले उनकी निगाहों में शराफत के पुतले थे। और जो दो-दो, तीन-तीन महीनों का एडवांस थमा दे, वह तो मनबोधलाल का मसीहा था। शर्मा और दासजी मामूली किराएदार नहीं थे, सर्वगुण-सम्पन्न मसीहा थे उनके लिए।

शर्मा अभी पन्द्रह-बीस रोज़ बाद वापस आया था। साथ एक युवती और थी, शकल-सूरत से नेपाल की लगती थी लेकिन मैथिली सर्राटे से बोलती थी।

भुवनेसरी को समझते देर न लगी कि रिश्ते की यह 'बहन' किस मतलब से लाई गई होगी। वह नेपालिन से अकेले में मिलना चाहती थी, बातें करना चाहती थी। मगर मौका ही नहीं मिलता था। हमेशा उसे बुआ की निगरानी में रखा जाता था।

कमरे थे तीन, बरामदा एक था। नीचेवाला एक कमरा बुआ ने दखल कर रखा था। ऊपर शर्मा खुद रहता था। बाईं तरफवाले कमरे में घरेलू वस्तुएँ रखी रहती थीं। अनाजों से भरे कनस्टर, ट्रंक, पुराने जूते, आलू-प्याज का टोकरा, चलनी वगैरह। शर्मा का कमरा बन्द रहता, अनुपस्थिति में चाबी बुआ के ज़िम्मे होती।

पिछली रात टेबुल लैंप ऊपर देर तक जलता रहा था।

आज सवेरे ही बुआ ने भुवनेसरी से कहा, "दादा दो-एक रोज़ के लिए बाहर जा रहे हैं, तू भी जाएगी साथ।"

जिज्ञासा-भरी दृष्टि से भुवन बुआ की ओर देखती रही, हाथ पापड़ों को एक-दूसरे से अलग कर रहे थे। बुआ बोली, "हाँ, गाड़ी एक बजे जाती है।"

भुवन का माथा ठनका, 'मुझे आज बेचने तो नहीं जा रहे हैं ? मनोरमा को भी इसी तरह कहीं छोड़ आए थे...अच्छा जजमान कोई फँसा होगा...कितने में बेचेंगे मुझे ? तीन हज़ार में ? पच्चीस सौ में ? पन्द्रह सौ में ?...इसीलिए शाम को कल दो नफीस साड़ियाँ आई हैं ! चमकीले ब्लाउज़...नकली हीरे के टाप्स...नेल पालिश...लिपस्टिक... स्नो और पाउडर...' सिर चकराने लगा भुवन का।

खाना तैयार हो चुका था। बुआ पहले खा लेगी, चाचा पीछे

बैठेंगे खाने। भुवन पापड़ सेंकने लगी तो पहला पापड़ जल गया। लगा कि किसी ने चिमटे से पकड़कर उसे ही भट्ठी के अन्दर लटका दिया है और वह जल रही है...चट्-चट्-चट्...जलते हुए कच्चे मांस की तीखी गंध...हुँ...आतंक की कल्पित अनुभूति तीव्रता के छोर पर आ गई तो दूसरा पापड़ भी चिमटे से दहकती सिगड़ी के अन्दर जा पड़ा।

जलते पापड़ की सोंधी-तीखी गंध बुआ तक पहुँची, नथुने फड़क उठे। चीख पड़ी, "क्या हो रहा है भुवन, पापड़ों से ही हवन कर रही हो ? किससे सीखा है यह मंत्र ?"

भुवनेसरी कुछ नहीं बोली, सँभल ज़रूर गई। फिर दो-तीन पापड़ सेंके।

बुआ के सामने थाली रखकर बोली, "कम्पाउंडर की बीवी के पास अपनी दो किताबें, स्वेटर की एक बाँह और क्रोशिए पड़े हैं, ले आऊँ जाकर।"

सिर हिलाकर बुआ ने मना किया। कौर निगलकर कहा, "लौट ही तो आएगी कल...जाके वापस आना है, बस !"

लड़की को बुआ की इस बात से ज़रा-सी तसल्ली हुई और माथा हल्का हुआ।

माथा तो हल्का हुआ लेकिन मन का खटका लगा रहा, नहाने गई तो देर तक धार बंबे से गिरती रही और भरी बाल्टी का पानी उमड़-उमड़कर नीचे फैलता रहा।

भुवन जाने कब तक बाथरूम में बैठी रह जाती अगर नेपालिन आकर टूटी किवाड़ न खटखटाती...नहाने का घर क्या था माचिस की डिबिया थी। एक किवाड़ नदारद, दूसरा किवाड़ टूटा हुआ...अन्दर चौखटे की दोनों ओर किसी पुण्यात्मा ने कीलें ठोंक दी थीं, उन्हीं कीलों में चादर उलझाकर पर्दा कर लिया था भुवनेसरी ने। गर्दन लम्बी करके मात्र सिर बाहर निकाला, बोली, "बस दो मिनट और !"

नेपालिन वापस गई।

कपड़े बदलकर चौखट की कीलों से पर्दावाली चादर उतारने ही वाली थी, कि कम्पाउंडर की बीवी ने झाँका। उसके हाथ काले थे। पलकें झपककर मुस्कुराई, कहा, "हाथ ही धोने हैं, तुम इत्मीनान से नहाओ !"

"आओ। आओ !..." भुवन ने फुसफुसाकर लेकिन बेचैन मुद्रा में कहा, "बस आज तो तुम्हारी इन्दिरा का..."

आगे शब्द नहीं थे लेकिन गला काटने का संकेत साफ था...दाहिनी हथेली को गर्दन से भिड़ाकर रेतने का इशारा !

कम्पाउंडर की बीवी अनहोनेपन की दहशत के मारे दो कदम पीछे हट गई। समझ में नहीं आया कि आखिर हुआ क्या ! भुवन ने आगे बढ़कर उसका हाथ पकड़ लिया और अन्दर बाथरूम में खींच लिया। कान में बोली, "अभी मुझे वह बाहर ले जा रहा है। शायद कोई ख़रीदार मिल गया है..."

"हाय !" कम्पाउंडर की बीवी के मुँह से निकला, "पहले क्यों नहीं बतलाया इन्दिरा, अब इस वक्त मैं क्या करूँ ?"

"मैं कल लौट आऊँगी दीदी !"

"सच इंदो ?"

"चुड़ैल कह तो रही थी।"

"मगर तूने पहले क्यों नहीं बतलाया ?"

"मुझे खुद भी मालूम नहीं था...लेकिन हाथ तो धो लिए होते !"

निर्मला ने हाथ आगे बढ़ा दिए। इन्दिरा मग से पानी डालती रही। नीरू की आँखों में एकाएक चमक आ गई। तेज़ निगाहों से उसने इन्दिरा की आँखों में देखा। उन आँखों में बुझती आशा का अथाह सूनापन लहरा रहा था, भविष्य की अनिश्चितता का कुहासा।

भुवनेसरी की कलाई पकड़कर कम्पाउंडर की बीवी ने दृढ़तापूर्वक कहा, "अब तुझे कोई बेच नहीं सकता, न खरीद ही सकता है कोई। तुझ पर तो अब मेरा ही हक है। मैंने तुझे अपना दिल देकर खरीद लिया है। देखूँ, कौन मेरी बहन का गला काटता है !"

"लेकिन..." कलाई छुड़ाते हुए भुवन कुछ कहने लगी तो कम्पाउंडर की बीवी ने बायाँ हाथ उसके मुँह पर रख दिया और झल्लाकर कान में कहा, "लेकिन-फेकिन नहीं सुनूँगी इस वक्त ! निकल यहाँ से, चल मेरे साथ।..."

भुवन का हाथ पकड़कर वह उसे रहने के अपने हिस्से में ले आई। अन्दर सोने के कमरे में डाल दिया। बोली, "घबड़ाना नहीं

इंदो, आज से तेरी नई ज़िन्दगी शुरू हुई...उन शैतानों से मैं निबट लूँगी, तू रत्ती-भर फ़िक्र न कर...” पीठ पर हाथ फेरकर कम्पाउंडर की बीवी ने भुवन को चूम लिया।

भुवन रो रही थी, शब्दों का मानो उसके लिए कोई अस्तित्व ही नहीं रह गया था। उसका क्या होनेवाला है ? कौन-सा तूफ़ान आनेवाला है आगे ? एक कम पढ़ी-लिखी औरत, जो ख़ुद ही किसी अधेड़ मर्द की दूसरी बीवी है, उसके लिए भला क्या कर सकेगी ? शर्मा क्या भुवन को यों ही छोड़ देगा...? एक साथ ही बीसों सवाल भुवन के दिमाग को भूनने लगे और वह रो रही थी।

कम्पाउंडर के कब्ज़े में दो कमरे थे, बरामदा था, छोटा-सा आँगन था। सोनेवाला कमरा मकान-मालिक के उस हाल से लगा हुआ था, जिसमें वह अनाज और सीमेंट की बोरियाँ रखा करता था। टूटे फर्नीचर भी उसमें पड़े थे। गर्मियों में तरावट रहती थी, बैसाख-जेठ की झुलसती दुपहरिया मुंशी के परिवार को नीचे खींच लाती थी। अन्दर ही अन्दर ऊपर का रास्ता था।

कम्पाउंडर की बीवी अपना दरवाज़ा बन्द कर ही आई थी, अब कमरे की भीतर वाली खिड़की से कूदकर उस तरफ हाल में चली गई। सीढ़ियों से ऊपर पहुँचकर मनबोधलाल की पतोहू से सारी स्थिति संक्षेप में बतलाई तो उसने कहा, “मुझे क्या पता था कि कसाई आ गया है इस मकान में ? यह तुमने अच्छा किया कि भुवनेसरी को उसके चंगुल से निकाल लाई...लेकिन, अम्माँ और बाबूजी इस झमेले में नहीं पड़ना चाहेंगे ! अपने घरवाले से पूछ लिया था ?”

“नहीं, किसी से नहीं पूछा था,” कम्पाउंडर की बीवी बोली, “पूछने-पाछने का मौका ही कहाँ था ? और इस वक्त भी ज़्यादा सोचने का मौका नहीं है चुन्नू की माँ !”

चुन्नू की माँ धूप में बैठी थी, गोद में दो महीने का बच्चा दूध पी रहा था...फड़कते गाल और अधमुँदी आँखें...खुराक की मिठास और धूप की गर्माहट...बस, वह सोने ही वाला था।

कम्पाउंडर की बीवी बच्चे पर झुक गई। प्यार-भरी नज़रों से क्षण-भर देखती रही शिशु की ओर...

मनबोधलाल की पतोहू ने जाने का इशारा करके उसके कंधे

पर हाथ रखा, कहने लगी, "चलो, इसे सुलाकर आती हूँ। तुम इतने में भुवनेसरी को इधर हाल के अन्दर ले आओ, फौरन वापस जाकर खिड़की में अपनी तरफ से ताला लगा देना...सर्दी के इन दिनों में हमारे यहाँ का कोई भी हाल के अन्दर नहीं झाँकता है...अम्माँ और बाबूजी प्रयाग से दस रोज़ बाद लौटेंगे। इनको तो खैर मैं मालूम होने ही न दूँगी...लेकिन तुम लड़की को रखोगी कहाँ ?"

"अब यह सब फिर सोच लिया जाएगा," कम्पाउंडर की बीवी ने सीढ़ियों से उतरते-उतरते कहा और अदृश्य हो गई अगले ही क्षण।

खिड़की में ताला लगाकर वह खाने बैठी ही थी कि दरवाज़ा खटखटाया किसी ने। उठ गई, बाएँ हाथ से उसने साँकल खोली। सामने नेपालिन थी।

भुवनेसरी के बारे में पूछे जाने पर कम्पाउंडर की बीवी ने बतलाया, "मैंने सुबह से ही उसे नहीं देखा है, बाथरूम में होगी..."

नेपालिन के चेहरे पर परेशानी थी, उदास स्वर में बोली, "बाथरूम में तो मैंने ही देखा था। पछीटे हुए कपड़े, बाल्टी, मग, साबुन...सारा कुछ बाथरूम में पड़ा है ! आप भी आके देखिए न ?"

कम्पाउंडर की बीवी नेपालिन के पीछे-पीछे बाथरूम तक आ गई। विस्मय की मुद्रा में मुँह बनाया और पाखाने की ओर हाथ उठाकर कहा, "उधर देख आई हो ?"

"उधर ? हाँ, उधर भी देखा है।"

"इधर ?"

"जी, इधर भी।"

कम्पाउंडर की बीवी ने महिम और दिवाकरजी वाले निचले-उपरले कमरों की ओर इशारा किया था। नेपालिन की परेशानी में वह भी हिस्सा बँटा रही थी कि शर्मा और बुआ भी बाहर निकल आए।

बुआ कम्पाउंडर के आँगन में आ गई। बरामदा देखा, दोनों कमरे देखे।

बिना कुछ बोले ही वापस चली गई।

शर्मा दो-तीन बार नीचे-ऊपर देख आया। विभाकर स्कूल गया हुआ था। शास्त्रीजी गए थे भागलपुर। मर्दों में से अकेले महिम था।

शर्मा ने तीसरी बार महिम से पूछा तो उसने कड़ी आवाज़ में

कहा, "माथा तो नहीं खराब हो गया है आपका ?"

सभी को पता था कि महिम शराब पीता है। शर्मा का लेकिन इस समय सचमुच दिमाग चकरा रहा था। सामने मुसीबत जो थी, वह इकहरी नहीं, दुहरी थी।

उम्मी की माँ और वह दूसरी पड़ोसिन बुआ को राय दे रही थीं कि शाम तक लड़की वापस नहीं आती है तो पुलिसवालों की मदद लीजिए। समय-साल ठीक नहीं है, जाने कौन उचक्का बेचारी को बहका ले जाए और कहीं की न रखे।

कम्पाउंडर की बीवी नेपालिन से बार-बार बतला रही थी, "कल भुवन ने कई दफे गंगा चलने के लिए कहा था, आज सुबह भी कह रही थी। नल में नहाने से उसको सन्तोष नहीं होता है। शायद गंगा चली गई होगी..."

और नेपालिन का कहना था, "भला गंगा कैसे गई होगी, सबकुछ तो यहाँ पड़ा है बाथरूम में ?"

बुआ की तो मानो जीभ ही अकड़ गई थी, एक भी शब्द निकल नहीं रहा था मुँह से।

नौ

विभाकर ने कहा, "दीदी, आज रातवाली गाड़ी से मुझे वापस जाने दो। स्कूल में ग़ैरहाज़िरी बढ़ती जाएगी न ?"

"ज़्यादा नहीं रोकूँगी," इन्दिरा बोली, "कल जाओगे। आज शाम को भइया, भाभी और बच्चे नाव से राजघाट जाएँगे, वापस भी आएँगे उसी नाव से। मुझे भी साथ जाना है और तुम्हें भी जाना होगा...कहते हैं, नाव से काशी की शोभा देखते ही बनती है और मैंने तुम्हारी तरफ से भी हाँ कर दी थी न !"

"कल भी तो न रोकोगी ?" विभाकर ने मुस्कुराकर पूछा।

इन्दिरा ने कहा, "नहीं विभू, कल क्यों रोकूँगी !"

विभाकर के सामने 'आज' का रविवासरीय परिशिष्ट फैला था। पाँच साल की बच्ची करीब ही खेल रही थी...धुला चटकीला फ्राक, गेहुँआँ रंग का सुन्दर मुखड़ा, चोटियों में पीला रिबन... प्लास्टिक का बेबी था सामने, उसकी बाँहों को कसरत करवाने में मशगूल थी।

विभाकर ने उसे छेड़ा, "दीदी, यह तो कल पटना जाएगी मेरे

साथ...मुगलसराय में इसको अमरूद खिलाऊँगा। क्यों री कुंतल !"

कुंतल इनकारी मुद्रा में माथा हिलाती रही, बेबी को अब उसने गोद में लिटा लिया था। एक नज़र विभाकर की ओर डालकर बोली, "पटना नहीं जाऊँगी, अमरूद आप यहाँ भी खिला सकते हैं..."

"पेटू कहीं की !" अन्दरवाले कमरे से माँ की आवाज़ आई तो बच्ची शरमा गई और खिलौने को अलग रख दिया।

इन्दिरा ने उलाहने के स्वर में कहा, "आप भी खूब हैं भाभी ! एक-आध अमरूद आपको भी तो आखिर मिल ही जाता ! नहीं मिलता ?"

"वो ढेर-से अमरूद रखे हैं," कुंतल की माँ ने खाने की मेज़ की ओर हाथ उठाकर कहा, "मुझे तो जुकाम हो गया है मगर तुम क्यों नहीं लेती हो ?"

महरी को इशारा मिला मालकिन का। अगले ही क्षण अमरूदोंवाली चंगेरी इन्दिरा के आगे थी। नमक और काली मिर्च की बुकनी भी आई।

इन्दिरा ने एक बड़ा-सा अधपका अमरूद उठा लिया, चाकू से चार टुकड़े किए। नमक-मिर्च मिलाकर पहला टुकड़ा बच्ची को थमाने जा रही थी कि माँ की ओर देखकर उसने इनकार कर दिया।

बेटी के स्वाभिमान पर ध्यान गया तो माँ बोली, "अब लेगी भी कि नहीं ? कौन-सी बात मैंने कही थी !"

कुंतल चुपचाप बाहर खिसक गई तो भागते-भागते छोटे साहब आए और अमरूद के दो टुकड़े चट से उठा लिए।

सभी हँसने लगे। छोटे साहब के गाल अमरूद की पिसाई कर रहे थे, निगाहें लेकिन हँसनेवालों के चेहरे तोल रही थीं। मुँह आधा खाली हुआ तो जैसे-तैसे बोले, "क्या किया है मैंने ? क्यों हँस रही हैं आप लोग ?"

और तीसरा टुकड़ा भी छोटे साहब ने उठा लिया, चौथा भी।

इस पर फिर हँसने लगे तीनों। माँ बोली, "राजीव, लगता है तू कई दिनों का भूखा है..."

चार फाँक करके दूसरा अमरूद भी इन्दिरा ने राजीव की ओर बढ़ा दिया मगर उसने कहा, "नहीं बुआ, अब वो दीजिए चित्तियोंवाला ! दाँतों से काटके खाऊँगा..."

"बन्दर !..." माँ ने कहा। उसकी निगाहें लाड़ को नहला रही थीं।

विभाकर और इन्दिरा ने तीन-चार अमरूद खाए। उधर राजीव रेडियो खोलकर मद्रास से टेस्ट मैच की कमेंट्री सुनता रहा। भाभी सुई और धागों में उलझी रही, लैस तैयार होना था पेटीकोट के लिए।

विभाकर पान खाने के लिए गली के नुक्कड़ की ओर निकल गया। इन्दिरा कहानी की कोई पत्रिका ले बैठी।

सदानन्दलाल : निर्मला की अपनी मौसी का लड़का। पिता से बचपन में ही हाथ धोने पड़े। दर्जा आठ के बाद ही कलकत्ता पहुँचकर उसने अपने को जन-समुद्र के ज्वार-भाटे में डाल दिया... ट्यूशन और ट्यूशन और ट्यूशन...अपना खर्चा, माँ का खर्चा, पढ़ाई का खर्चा...श्रवणकुमार ने वर्षों तक अपंग माँ-बाप को ढोया था। खाँचों में बैठे-बैठे देश-दर्शन तो उनके लिए सहज था ही, सेवा भी सुलभ थी...माँ जब तक ज़िन्दा रहीं, सदानन्दलाल श्रवणकुमार की तरह उनकी खिदमत में जुटा रहा। कलकत्ते के लोकारण्य में यह श्रवणकुमार किसी दशरथ के शब्दबेधी बाण का शिकार नहीं हो पाया।...

स्वस्थ-सुन्दर युवती। लड़कियों के गैर-सरकारी माध्यमिक स्कूल की अध्यापिका। रूढ़ि के बाड़े से बाहर निकलकर संघर्ष की भट्ठी में तिल-तिल करके तपनेवाले माँ-बाप की सन्तान। बी.ए., बी.टी. करके दो वर्ष अध्यापन। सदानन्द से परिचय...प्रोफेसर श्री सदानन्दलाल। ब्राह्मण की लड़की और कायस्थ का लड़का...दोनों में घनिष्ठता...इलाहाबाद के आर्य समाज मन्दिर में शादी...

ज़िला बनारस की किसी तहसील इंटरमीडिएट कालेज की सर्विस स्वीकार करके भूल नहीं की थी सदानन्द ने, क्योंकि वहीं कुमारी रंजना ओझा से उसका प्रथम साक्षात्कार हुआ था...

ब्याह के आठ-दस साल गुजर गए, नए नागरिकों का छोटा-सा परिवार काशी के मुहल्ला तुलसीघाट में जम गया है। सदानन्द अब विश्वविद्यालय में इतिहास पढ़ाते हैं, रंजना है लड़कियों के इंटरमीडिएट कालेज में। दो बच्चों के बाद तीसरी सन्तान न हो इसलिए दोनों ने सन्तति-निरोध के तरीके अपना लिए हैं। राजीव

और कुंतल की शिक्षा कन्वेंट में हो रही है।...

बरामदे में दोपहर की गुलाबी धूप फैली थी।

बीचोबीच बड़े तख्त पर गद्दा और चादर। रंजना को आलस्य आ गया, तकिया खींचकर लेट गई।

राजीव रेडियो बन्द करके वहीं बैठक से कैरम-बोर्ड उठा ले गया, और विभाकर के साथ खेलने लगा।

सुई-धागे और जाली परे हटाकर रंजना ने अच्छी तरह पैर फैला लिए। मुँदी आँखों की पलकों से ऊपर पपोटों की बारीक रगों में सूक्ष्म स्पंदन गौर करने लायक था।

इन्दिरा अन्दर से शाल ले आई, पैरों की तरफ से भाभी को कमर तक उढ़ा दिया ! दुबारा फिर कहानी की पत्रिका लेकर नहीं बैठी, विभाकर और राजीव का कैरम-मैच देखने चली गई।

रंजना सो रही थी—

स्वप्न की इन्द्रधनुषी दुनिया...

बड़ी-बड़ी आँखोंवाली एक हिरन बेतहाशा भागी जा रही है... छोटी-छोटी झाड़ियोंवाली तलहटी का ऊबड़-खाबड़ इलाका। कहीं-कहीं टेकरियों पर पुराने किले नज़र आ रहे हैं। टेढ़ी-मेढ़ी नदी दूर से ही चमक रही है। लगता है कुबेर के खज़ाने की चाँदी बन्दी यक्षों की जलन से अन्दर-ही-अन्दर पिघलकर बह निकली...प्यासे जानवर अलग से ही गर्दन लम्बी करके चाँदी की नदी के प्रवाह पर प्यास बुझाने के लिए झुक पड़े हैं। दो घूँट पीकर ही ऊपर आकर कगार पर खड़े होते हैं और मनुष्य की आवाज़ में ललकारने लगते हैं भागते हिरन को ! जो भी जानवर चाँदी की उस धार में मुँह लगाता है वह आदमी की बोली में भागते हिरन को आवाज़ देने लग जाता है...

वह बार-बार कँटीली झाड़ियों में उलझती है, खड्डों में लुढ़कती है बार-बार। पैंतरे बदलकर आगे-पीछे से और अगल-बगल से वे जानवर उस बेचारी को बार-बार घेरते हैं, हमला करते हैं, ज़मीन पर गिरा देते हैं...लो, गए गरीब के प्राण ! मार डाला ! अब वे उसे नोच-नोचकर खा जाएँगे...

मगर नहीं, वह तो भागती-भागती चाँदी की धार के पास पहुँच गई...तो वह भी गर्दन लम्बी करके अपनी प्यास बुझाएगी और आदमी की बोली में हमलावरों को ललकारेगी ? नहीं, नहीं, वह इस

तरह अपनी प्यास नहीं बुझाएगी। देखो न, किनारे-किनारे भागी चली जा रही है...तीर लग गया पुट्ठे में, खून की लकीरें नज़र आ रही हैं लेकिन भागने की रफ्तार तो और बढ़ गई।

"अरे ! यह तो अपने हाते के अन्दर आ पहुँची ! अब मैं क्या करूँ ?"

"करोगी क्या। पाल लो इसे, कैसा खूबसूरत हिरन है, वाह !... बदन में दस-पाँच घाव हैं, भर जाएँगे। तबीयत बहलाने के लिए ऐसा सजीव और वफादार खिलौना और कहाँ मिलेगा ?"

"चुच्...चुच्...चुच्...चु ! आ मेरे पास तो आ !..."

"प्यासा है ? पानी पिएगा न ! खाएगा नहीं कुछ ?...अरे राजीव, गोभी के पत्ते पड़े हैं ढेर-से किचन के बाहर...ले आना बेटी ! अपना हिरन बड़ा भूखा है..."

क्या खूब। यह तो अच्छा जादू रहा !

आँखें-भर उस हिरन की रह गई हैं, मुखड़ा तो इन्दिरा का है यह ! शक्ल-सूरत, चाल-ढाल, सबकुछ इन्दिरा का...

दीवाल पर से आँगन में बिल्ली कूदी—धम् !

रंजना के स्वप्न में विराम पड़ा। आँखें तो बन्द ही किए रही, लेकिन करवट बदलकर पीठ को आँगन की ओर कर लिया। कुंतल आकर साथ लेट गई और नाक को नाक से भिड़ा दिया।

निद्रित स्वर में रंजना बोली, "चुपचाप लेट, परेशान मत कर !"

कुंतल बित्ता-भर अलग हो गई, उँगलियों में उँगलियाँ उलझाकर अपने-आप खेलने लगी।

सपनों की कड़ी टूट गई थी, रंजना को अखर रहा था।

लाख कोशिश की, सपनों का तार फिर नहीं जुड़ सका। थोड़ी देर तक लेटी रही और इन्दिरा के बारे में काफी कुछ सोचा। तय किया कि इस लड़की को प्राइवेट तौर पर पढ़ाएगी, अगले वर्ष प्रवेशिका (एडमिशन) का इम्तिहान दिला देगी।

निर्मला ने विभाकर को सदानन्द का पूरा पता दिया था, चिट्ठी दी थी। स्टेशन से तुलसीघाट तक पहुँचने में ज़रा भी दिक्कत नहीं हुई, सुबह का वक्त था। पत्र देखकर सदानन्द ने इन्दिरा की पीठ पर हाथ रखा, बोले थे, 'पिछली बातों को बिलकुल भूल जाना ! सोचो कि फिर से जन्म हुआ है...यहाँ आराम से रहो। पढ़ो और

लिखो, बच्चों के साथ खेलो ! बहुत सारी सहेलियाँ मिल जाएँगी यहाँ तुम्हें'...और तभी से भाई साहब ने इन्दिरा को ममता के दायरे में समेट लिया।

और भाभी ? भाभी ने तो संजीदगी और स्नेह का अनूठा परिचय दिया था पिछले कई दिनों के अन्दर। रंजना ने इन्दिरा को इस तरह अपना लिया जिस तरह गंगा यमुना को अपनाती है। पिछले जीवन के बारे में एक भी सवाल नहीं पूछा था उसने... खाने-पीने और पहनने-ओढ़ने की रुचि के सिलसिले में लेकिन कई बातें पूछ ली थीं।

निर्मला ने पत्र में जो कुछ लिखवाया था, रंजना ने वह चिट्ठी ड्रेसिंग टेबुल की दराज़ में रख ली थी। इन्दिरा अपने बारे में नीरू का वह पत्र इन तीन दिनों के अन्दर पाँच-सात बार पढ़ चुकी थी और अब भी बार-बार पढ़ना चाहती थी।

भुवन मर चुकी थी, इन्दिरा का जन्म चिता-भस्मावली की उसी वेदी पर हुआ था...इन्दिरा के लिए जीवन की पिछली बातें 'आख्यान'-भर थीं। दस रोज़ पहले वह क्या थी, इसका ध्यान आते ही लड़की को रोमांच हो आता था।

तो फिर उस चिट्ठी को बार-बार इन्दिरा क्यों पढ़ती थी ?

अपने मनोबल को परखने के लिए पढ़ती थी।

मुसीबतों ने उसकी आत्मा को इस तरह कुचल दिया था कि अपनी सहज सूझ-बूझ को भी वह धोखे की टट्टी मानने लगी थी। अपने बारे में सोचना उसकी राय में सबसे ज़्यादा खतरनाक काम था। निर्मला ने हिम्मत न की होती तो इन्दिरा का उस नरक से निकलना असम्भव ही था।

बाल्टी में बच्चों के स्वेटर भीग रहे थे। रंजना बाथरूम जाते-जाते बोली, "तीन बजनेवाले हैं, स्वेटर खींच लूँ। इतने में तुम कुंतल के कपड़े बदलवा दो। चार बजे चाय का पानी चढ़ा देंगे। पाँच बजे निकलना है, सदानन्द दशाश्वमेघ आ जाएँगे।"

इन्दिरा कुंतल को खोज लाई बाहर से।

ड्रेसिंग टेबुल के करीब खड़ी हुई तो कुंतल को जैसे कुछ याद आ गया। आँखें फैलाकर बोली, "फिर वक्त नहीं मिलेगा बुआ, सुबह स्कूल के लिए कापियाँ और किताबें सहेज लूँ !"

"जल्दी आओ लेकिन।" इन्दिरा ने कहा।

बच्ची दूसरे कमरे की तरफ चली गई तो इन्दिरा ने दराज़ खींचकर पत्र निकाल लिया...स्टूल पर बैठकर पढ़ने लगी :

"भइया के चरणों में निर्मला का प्रणाम।

"एक अनाथ लड़की आपकी शरण में जा रही है। मुझे पूरा भरोसा है कि आप और भाभी इस लड़की को अपने परिवार में शामिल कर लेंगे।

"भइया, आपने बहुतों का उद्धार किया है। आपका हृदय विशाल है...मैं बचपन से ही आपके स्वभाव को जानती हूँ। किसी कारण अगर अपने परिवार में इस समय इस लड़की को जगह न दे सकें तो कोई दूसरी व्यवस्था करेंगे।

"इन्दिरा नाम है, उम्र है उन्नीस की। ज़िला मुंगेर की किसी मशहूर बस्ती में पैदा हुई थी, घराना ऊँची नाकवालों का। पन्द्रह की उम्र में शादी हुई। दूल्हा पाइलट था, उसी वर्ष हवाई दुर्घटना में जान गँवा दी। इन्दिरा का फिर वही हाल हुआ, घुटी हुई तबीयत के युवकों और आदर्शहीन अधेड़ों के बीच एक विधवा तरुणी का जो हाल होता है।

"गर्भ चार महीने का हुआ। एक अत्याचारी रिश्तेदार डाक्टरी इलाज के बहाने इन्दिरा को आसनसोल ले गया और धर्मशाला में अकेली छोड़कर खिसक आया। तब से दो वर्ष इन्दिरा के कैसे कटे हैं, यह बात धरती जानती होगी कि आसमान जानता होगा... हम-आप तो अंदाज भी नहीं लगा सकते भइया!

"लड़कियों और औरतों की खरीद-बिक्री जिनका धंधा था, ऐसे ही एक राक्षस के चंगुल से आपकी छोटी बहन इन्दिरा को छुड़ा लाई है—झपट्टा मारकर चील की तरह छीन लाई है...

"आप मेरी पीठ ठोकेंगे और भाभी मुझे इनाम देंगी।

"छोटे भइया की शादी के मौके पर आप दोनों गया ज़रूर आएँगे।

"भाभीजी को प्रणाम...चिरंजीव राजीव और कुंतल को प्यार...

नीरू, आपकी छोटी बहन।"

जिसके हाथ की लिखावट थी वह विभाकर बाहरवाले कमरे में

कैरम खेल रहा था।

इन्दिरा को लगा कि इस पत्र को फाड़कर चूल्हे के हवाले कर देना था। वह अपने अन्दर अब नई चेतना महसूस कर रही थी। जीवन के इस नए प्रवाह का स्वाद कैसा अनूठा था।...दोनों हाथ जोड़कर उसने भइया और भाभी के फोटो को प्रणाम किया...जिसका फोटो बाहर नहीं था, बल्कि अपने दिल की दीवार से टँगा था, उस निर्मला को तो इन्दिरा ने कई गुनी अधिक श्रद्धा से प्रणाम किया।

नृत्य की भंगिमा में उछलती हुई कुंतल आई, सामने खड़ी हो गई।

दस

शर्मा और दासजी के सामने आमलेट की एक-एक प्लेट थी, बुआ के आलूचाप था।

सोनपुर रेलवे स्टेशन का रिफ्रेशमेंट रूम।

बाहर लखनऊ और पहलेजा घाट जानेवाली ट्रेनें खड़ी थीं। प्लेटफार्म पर दोनों ओर काफी चहल-पहल थी। अन्दर चाय और नाश्ता के लिए पाँच-सात टेबुलों पर मुसाफिर जमे थे। भीड़ नहीं थी। बैरे इत्मीनान से उन्हें सर्व कर रहे थे।

काले रंग का ओवरकोट, पश्मीने का कश्मीरी मफलर स्लेटी रंग का।...शर्मा ने निचली पाकिट से गोल्ड फ्लैक का पैकेट निकाला और बैरे को माचिस के लिए संकेत किया।

एक सिगरेट दास को थमाता हुआ बोला, "इस लड़की ने तो मुझे ऐसा छकाया कि..."

"बड़े ख़ानदान की थी न !..." बुआ ने आहिस्ता से कहा। टमाटर की मीठी चटनी उँगली से चाटती रही और शर्मा की ओर देखती भी रही।

सिगरेट एक तरफ रखकर तिलकधारीदास चार अंडों के उस बड़े आमलेट में भिड़ा था। चाकू-सहित दाहिना हाथ उठाकर बोला, "कई रोज़ हो गए न ? कहाँ गई होगी भला ?"

बैरे ने आकर सिगरेट सुलगा दी...धुएँ के छल्ले ऊपर उठकर धीर-ललित भंगिमा में मँडराने लगे तो बुआ ने गर्दन ऊँची की, देख लिया उन्हें। बुआ को पहाड़ी शरद के कुंतल मेघ याद आ गए।

शर्मा ने जलती सिगरेट को राखदानी के कंधे पर रख दिया। बोतल का लेबुल देखकर ज़रा-सा सिरका उँड़ेल लिया प्लेट में...बुआ ने हाथ बढ़ाकर शीशियों से नमक और काली मिर्च की बुकनी छिड़क दी आमलेट पर...चाकू और काँटे में हरकत आई।

कुछ देर तक वे नहीं बोले।

शर्मा ने आमलेट खत्म किया। पानी पीकर सिगरेट की ओर दृष्टि डाली और वह राख हो चुकी थी।

दास ने अपनी माचिस निकाली। सिगरेट का धुआँ फिर ऊपर उठा।

बुआ ने पूछा, "ट्रेन छूट नहीं जाएगी ?"

"छूटने दो !" शर्मा बोला। दास ने घड़ी देखकर कहा, "बीस मिनट बाकी हैं—वो चाय आ रही है। इस स्टीमर को छोड़ देंगे तो दूसरा स्टीमर छै बजे से पहले नहीं मिलेगा। लेकिन आप तो शर्माजी मुज़फ्फरपुर जा रहे हैं न ?"

"हाँ," शर्मा ने कहा, "आप इनको धर्मशाला पहुँचा दीजिएगा !"

"ज़रूर पहुँचा दूँगा। और, आप वापस कब आ रहे हैं ?"

"कल शाम तक। देर हुई तो परसों ज़रूर पहुँच जाऊँगा।"

"हाँ, मकान के लिए कहा था न ? 'पत्थर की मस्जिद' से आगे मिले तो लीजिएगा ?"

"दूर पड़ जाता है।"

"आपके लिए तो फिर भी ठीक ही रहेगा।"

"लेकिन बाँकीपुर में भी खोजना चाहिए।"

"बेशक !"

बुआ बोली, "पटना बड़ा ही रद्दी शहर है दासजी, झूठ कहती हूँ ?"

"झूठ ! बिलकुल झूठ !" तिलकधारीदास ने कहा और बूढ़ी

उँगली के नाखून से ठनकारकर चाँदी का रुपया बजाने की मुद्रा दिखलाते हुए बात पूरी की, "इधर देखिए देवीजी, यही एक ऐसी चीज है जिसकी बदौलत रद्‌दी-से-रद्‌दी जगह शानदार हो उठती है ! इसके बिना स्वर्ग नरक बन जाता है। आपको लगता होगा पटना रद्‌दी शहर, मेरे खातिर तो वह इन्द्रपुरी है..."

शर्मा आँखें फैला-फैलाकर तिलकधारीदास की बातों का अनुमोदन कर रहा था। पटना की कृपा से उसके दर्जनों रिश्तेदार मालामाल हो गए थे। जान-पहचान के पचासों युवक सेक्रेटेरिएट में सरकारी फाइलों पर पद्मासन लगाए बैठे थे। इन दस-बारह वर्षों में क्या से क्या हो गया था। हुकूमत की बागडोर अपने आदमियों के हाथों में आ गई थी। छोटा भाई सन बयालिस में चार-छै महीने के लिए जेल हो आया था, कांग्रेस की मेहरबानी हुई और अब वह नई दिल्ली पहुँच गया था। ज़िला के हाकिम सलाम ठोंकते थे।... सूझ-बूझ होनी चाहिए तुम्हारे अन्दर, ज़रा-सी हिम्मत से काम लो और फिर देखो कि कहाँ पहुँच जाते हो ?...दास की बातें अच्छी लगीं शर्मा को।

चाय पीते-पीते शर्मा ने बुआ से कहा, "मैं मानता हूँ, पटना में गंदगी बहुत है, कार्पोरेशन लँगड़ा है। रहने लायक मकानों की कमी अखरती है। मनबोधलाल अकेला नहीं है, सैकड़ों मनबोधलाल हैं और कार्पोरेशन की छत्रछाया में किराएदारों का सत निचोड़ते जाना ही उनका खास पेशा है..."

"लेकिन यही सबकुछ नहीं है," चाय खत्म करके तिलकधारीदास ने शर्मा की बात मुँह से छीन ली, "बोरिंग रोड और कदमकुआँ जैसी साफ-सुथरी बस्तियाँ भी इस शहर के अन्दर हैं। निकट भविष्य में ही नगर का कायापलट हो जाएगा। आज के सड़े-पुराने मकानात साफ-सुथरे और आरामदेह काटेजों में तबदील हो जाएँगे।"

शर्मा ने बिल चुकाया, बैरे को पचीस पैसे 'टिप' में दिए।

तीनों बाहर प्लेटफार्म पर आ गए।

बुआ को लगा कि नाहक उसने पटना को रद्‌दी शहर कह दिया, दासजी बुरा मान गए।

पहलेजा जानेवाली ट्रेन में इंजन लग चुका था। सेकेंड क्लास के कम्पार्टमेंट में बुआ को बैठाकर दोनों पान की दूकान के सामने

आ गए।

आईना काफी साफ और बड़ा था। उड़ती निगाहों से चेहरा देखा। शर्मा का दिमाग परेशानी का शिकार था, होंठों पर मुस्कान कहाँ से उभरती ? दासजी ने भी अपनी संजीदगी बरकरार रखी।

शर्मा ने दास की ओर घूमकर कहा, "मुझे तो भई कम्पाउंडर की बीवी पर शक है !"

"धत्...!" दास बोला और आईने में शर्मा का चेहरा देखता रहा।

पानवाले ने चार बीड़े थमाए।...ज़र्दा और सुपारी के टुकड़े।

चूना के लिए हाथ बढ़ाकर शर्मा ने आँखें नचाईं, "आपको किस पर शक है ?"

"छोकरी खुद ही क्या कम चालाक थी ?" दासजी ने कहा।

चूना चाटकर क्षण-भर बाद बोला, "जादूगर की डिबिया कहीं से हाथ लग गई हो और बाथरूम से उठाकर भुवन को उसी में रख लिया हो..."

"आप तो मखौल उड़ाने लगे मेरी बात का !"

"नहीं शर्माजी, आपके इस शक की कुछ बुनियाद भी तो हो आखिर ?"

"हमारी बहन का भी उसी औरत पर शक है।"

"मगर वो बेचारी भुवन को गायब करके क्या पा गई ?... मान लीजिए कि कम्पाउंडर की बीवी ने उस लड़की को कहीं छिपा दिया...किसी अदृश्य सुरंग के रास्ते, बाहर सुरक्षित स्थान में कहीं रख आई होगी...समझ में आ नहीं रही है बात शर्माजी !"

शर्मा ने दासजी के कंधे पर हाथ रखके कहा, "शक तो फिर शक हुआ ! मैं यह कहाँ कह रहा हूँ कि उसी ने भुवन को गायब कर दिया। मकान-मालिक का भीतरी गोदाम कम्पाउंडर के कमरे से मिला हुआ है, बीचोबीच दीवाल है। दीवाल में खिड़की है। दोनों तरफ से ताला लगा रहता है। इस तरह हमारा उस पर संदेह करना ठीक नहीं जँचेगा। लेकिन कम्पाउंडर की बीवी को छोड़कर उस मकान के अन्दर और कौन थी जिससे भुवन का इतना अधिक प्यार था ? राय न भी ली हो, बतलाकर ज़रूर गई होगी..."

तिलकधारीदास ने सिर हिलाकर कहा, "हाँ, यह बात समझ में

आती है।”

इंजन ने सीटी दी। शर्मा ने कहा, “अब आप ट्रेन में बैठ ही जाइए।...चम्पा बेहद घबड़ा गई है, आप कल उसे अपने परिवार में ले जाइए। दिन-भर उन लोगों के साथ रहेगी, बच्चों से मन बहलेगा। औरतें चाहे कैसी भी परेशान हों, परिवार का वातावरण उनके लिए टानिक साबित होता है।”

तिलकधारीदास ट्रेन के अन्दर दाखिल हुए कि इंजन हरकत में आया।

ट्रेन सरकने लगी। शर्मा ने बुआ से कहा, “चम्पा, कल तुम दासजी के बासे पर हो आना !”

चम्पावती सिर हिला रही थी, कम्पार्टमेंट आगे सरक गया।

पन्द्रह मिनट बाद ही सबलपुर का दियारा था सामने। बलुआही मैदान ककड़ी-खरबूजा और परबल की बेलों से चितकबरा लग रहा था। माघ की पूर्णिमा गुज़र चुकी थी। हवा में खुनकी थी तो धूप में तीखापन आ रहा था। सूर्य की किरणों में गंगा की धार चमक रही थी, उस पार बाँकीपुर के बिल्डिंग जगमगा रहे थे।

स्टीमर में भीड़ नहीं थी और वक्त पर खुला था।

दासजी ने कैंटीनवालों को मक्खन-रोटी और चाय के लिए आर्डर दे रखा था। सेकेंड क्लासवाले गोल केबिन में दोनों आराम से बैठे थे।

चम्पा ने मुस्कुराकर कहा, “आपको बन्द केबिन में यों बैठना अच्छा लगता है, मुझे तो यह अच्छा नहीं लग रहा है...!”

“अच्छा तो मुझे भी नहीं लगता है,” तिलकधारीदास ने अखबार के कालमों से नज़र बिना उठाए ही कहा, “मगर यहाँ बैठने का आराम था न !...चाय पीकर बाहर डेक पर खड़े होंगे।”

चम्पा ने खिड़की से उचककर देखा : बालूवाले किनारे तेज़ी से पीछे खिसक रहे हैं।...नीली जलराशि के मोटे हिलकोरे झूलों की तरह स्टीमर को झुला रहे हैं और अब किनारा छोड़कर जहाज़ पटना की ओर होने लगा...इस पार से उस पार क्या सामने-सामने जा लगेगा ?...पानी में कहीं-कहीं खूँटा गड़ा है, रहनुमाई के लिए !... दाहिनी, ओर बीच में ही छोटा-सा दियारा निकल आया, ढाई-तीन बीघे की पट्टी होगी नाव की शकल की। फूस की दो छोटी

झोंपड़ियाँ दिखाई पड़ीं...लँगोटी सूख रही है, सन्त-महात्मा ने आसन जमा रखा होगा।

चम्पा की इच्छा हुई कि वह भी इसी दियारे पर रह जाती... शर्माजी को यह अच्छा लगेगा ? नहीं अच्छा लगेगा। मैं खुद ही चार रोज़ से ज़्यादा रह लूँगी इन झोंपड़ियों में ? सैर-सपाटे के लिए दो-एक दिन बीहड़-वीरान में भटक लेना और बात है...स्वर्ग में भी मुझे अकेले रहना पड़े तो थाइसिस हो जाएगी...भरे-पूरे परिवार में पैदा हुई थी न ? आलू का भर्ता और भात पर ही बचपन नहीं गुजारा था मैंने...मीठा-तीता, तीखा-चरपरा, खट्टा-सोंधा वह कौन-सा रस है भला, जिससे जीभ अघा न चुकी हो ?...पहनने के लिए बित्ते-भर चौड़ी दो लँगोटियाँ, ढाई-ढाई गज के दो टुकड़े ! और क्या होगा झोंपड़ीवाले के पास ? अपने तो ट्रंकों में तीस-चालीस साड़ियाँ होंगी...

शान्ति-निकेतनी स्टाइल की किनारियोंवाली चम्पई रंग की रेशमी साड़ी और उसी से मैच करती ब्लाउज़ पहने एक बंगाली लड़की डेक पर रेलिंग से लगी खड़ी थी। उधर नज़र उलझी तो चम्पा को अपनी जवानी के दिन याद आ गए।

कैंटीन का बैरा ट्रे रख गया था।

दासजी ने मक्खन लगाकर पहली स्लाइस चम्पा को थमा दी, दूसरी को भी उसी के लिए रख दिया। बाकी दो अपने मुँह में।

चाय बनाई चम्पावती ने।

पापड़वाला दिखाई दे गया, दो पापड़ लिए गए।

चम्पा बोली, “महेन्द्रू घाट और पहलेजा घाट के दर्म्यान जहाज़ की आधा घंटावाली ट्रिप मुझे बड़ी अच्छी लगती है। मैं तो महीने में एक आध बार यों भी आ जाती हूँ।”

“फिजूल भटकना पागलपन है देवीजी !” दास ने कहा।

चम्पा चुप रह गई।

अगले ही क्षण केबिन से बाहर आकर वह डेक की रेलिंग के सहारे खड़ी थी। लेकिन गंगा की मुख्यधारा अब पीछे छूट गई। महेन्द्रू घाट करीब आ रहा था।

पीछे-पीछे तिलकधारीदास भी डेक पर आया।

उतरने के लिए मुसाफिरों में सुगबुगाहट आई। देहाती लोग

गट्ठर सिर और कंधों पर लादे अभी से खड़े हो गए।

दासजी ने चम्पा से पूछा, "चलिए न आज ही हमारे डेरे पर ! धर्मशाला में अकेले क्या कीजिएगा ?"

"नेपालिन इंतज़ार कर रही होगी, आज तो मुझे धर्मशाला ही पहुँचा दीजिए। कल ज़रूर आ जाऊँगी..." चम्पा को मनबोधलाल वाला मकान याद आ गया...कैसे-कैसे अजीब लोग उस कबाड़खाने में रहते हैं ? अच्छा हुआ, छुटकारा मिला।

जेटी से जहाज़ आ लगा। दोनों बाहर निकल आए।

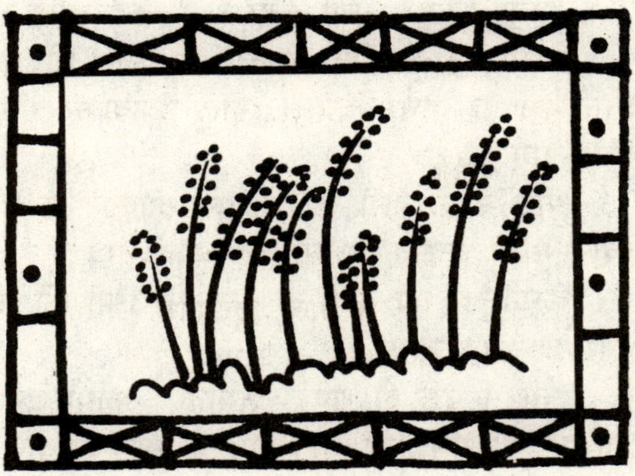

ग्यारह

आधा सेर हरे चने लिए थे, चूसने के लिए लाल गन्ना लिया था। गोभी, आलू, धनिया के पत्ते, हरी मिर्च, अदरक, आँवले...सब्जीवाला थैला भर चुका था। कम्पाउंडर की बीवी की नज़रें अब बेर खोज रही थीं।

उम्मी की माँ ने बैंगन-मूली, आलू-गोभी, सेम और धनिया के पत्ते लिए थे।

अब दोनों यों ही मुसल्लहपुर हाट के चक्कर लगा रही थीं।

उस भारी भीड़ में बदन से बदन छिलता था। सुबह पाँच बजे से दिन के नौ बजे तक रोज़-रोज़ का यह नज़ारा था। पाँतों के दर्म्यान ज़्यादा से ज़्यादा जगह छेंक लेने की होड़ के लिए दूकानदारों के लाभ-लोभ ज़िम्मेदार न थे। नागरिक सहयोगिता के युग-सुलभ संस्कार का अभाव ही इसके लिए ज़िम्मेदार था।

किसी के बूट से पैर की उँगलियाँ दब गईं तो कम्पाउंडर की बीवी ने चट-से उसकी मफलर पकड़ ली, डाँटकर कहा, "अंधे तो नहीं हो !"

"क्या हुआ !...क्या हुआ ?..." कई तरफ से आवाज़ें उठीं।

कम्पाउंडर की बीवी मफलर का पल्ला छोड़कर बोली, "जाओ, तुमने मेरा पैर कचर दिया !...नाल ठुँकवाकर भीड़ के अन्दर क्या चरने आए हो ?"

भीड़ में से हँसी की मिश्रित आवाज़ उठी और वह मुच्छड़ जवान माथा झुकाकर आगे बढ़ चुका था।

कम्पाउंडर की बीवी के कान में उम्मी की माँ ने कहा, "और अगर वह अड़ जाता ?"

"तो मैं उसे दो थप्पड़ लगाती," कम्पाउंडर की बीवी बोली, "लेकिन वह समझदार था। शर्म के मारे चुपचाप आगे बढ़ गया। देखा ?"

उम्मी की माँ आगे बढ़ती हुई सोचती रही...'बलिहारी है जीवट की ! तुम्हारे माँ-बाप स्वाभिमानी, मस्त और दबंग किस्म के लोग होंगे...झिझक, तंगदिली, डर और उदासी तुमसे भागे-भागे फिरते हैं। खुशी और मस्तानापन तुम्हारे कदम-कदम पर निछावर हैं। मुर्दा के अन्दर जान फूँक दी तुमने...भुवनेसरी लाश नहीं तो और क्या थी ! चुटकी बजाकर उस मैना को उड़ा दिया तुमने ! और एक मैं हूँ, रोज़ लात खाती हूँ...कभी इन रगों में भी ताज़ा लहू दौड़ता था, अब तो बस दुर्गंध और बासी पानी भर गया है इनमें—उस हुक्के का पानी जिससे कई होंठ अघा गए हों !

"किस गुन-धुन में पड़ी हो !" कम्पाउंडर की बीवी उम्मी की माँ का हाथ पकड़कर आगे बढ़ी, "और अब क्या लोगी दीदी ? क्या देख रही थीं ठिठककर ! लहसन ? चौलाई के दाने ? भिंडी और तुरई के बीज ?...देखो, भीड़ छँटने लगी न ? आज उन्हें किसी दोस्त के यहाँ दावत है। हरे चने की घुघनी तलूँगी अपने लिए और दुपहर में चुन्नू की माँ के पास छत पर बैठकर गँडेरियाँ चूसूँगी...दीदी, तुमको अच्छा नहीं लगता है गन्ना ?"

उम्मी की माँ कमज़ोर थी। हाट से बाहर निकलते ही उसकी निगाहें रिक्शा के लिए चौंकने लगीं। कम्पाउंडर की बीवी के लिए तो मील-दो मील का फासला कुछ भी नहीं था लेकिन उम्मी की माँ के लिहाज से रिक्शा कर लेना ज़रूरी था।

घर लौट आईं दोनों।

उधर महिम फट पड़ा, "हज़ार बार कहा कि मुझसे बिना पूछे यों निकल जाने की लत छोड़ो लेकिन कानों की लम्बाई के अन्दर बात जाए भी तो !..."

फीकी नज़रों से उम्मी की माँ ने महिम की तरफ देख लिया। दबी जुबान से बोली, "ज़रा-सी देर हो गई। आप कपड़े साफ करोगे और नहाओगे, इतने में खाना पक जाएगा..."

महिम ने गुस्से में कहा, "अच्छा, यह तो बतलाइए कि बड़ी चम्मच कहाँ फेंक आईं ? मर्तबान के अन्दर हाथ ही डालना पड़ा !"

सब्ज़ीवाला थैला नीचे रखकर उम्मी की माँ ने दीवालवाली खुली अलमारी को उचक-उचककर देखा, आलों पर टोह ली, कहीं नहीं मिली चम्मच। उदास आवाज़ में बोली, "ट्रंक में एक और है, निकाल लूँगी..."

महिम ने पैर पटककर कहा, "जहाँ मिले, खोज लाओ ! तुम फेंक आती हो, चोट्टे उड़ा ले जाते हैं—आइंदा मेरी एक भी चीज़ मत छूना..."

कमरे के अन्दर और बरामदे में महिम चक्कर काटता रहा। फिर जाने क्या सूझा कि स्टोव से माचिस की तीली छुआ दी। पूछा, "क्या-क्या लाई हो ?"

उम्मी का माँ ने थैला फर्श पर उलट दिया।

बैंगन, मूलियाँ, आलू, गोभी, सेम, धनिया के पत्ते सामनें फैल गए—सीमेंट का पक्का फर्श भभाकर हँस रहा था।

कलाकार का दिल नाच उठा। आँखें खुशी में फैल गईं। उम्मी की माँ के कंधे पर हाथ रखकर कहा, "जियो रानी ! तुम कितनी अच्छी हो मामी ! कई दिनों से सेम याद आ रहे थे। महिम के मन की बात तुम्हारे सिवा और कौन समझेगा ?"

अब मामी भी मुस्कुराई। चाकू लेकर सेम तराशने बैठी। महिम के नहाने के लिए पानी गरमाना था। स्टोव जल चुका था, पतीला चढ़ा दिया।

"तुम नहीं नहाओगी ?"

"पहले आप नहा लीजिए !"

"दोनों साथ नहीं नहा सकते !"

"तुम तो बच्चों जैसी बात करते हो !"

"तो मैं क्या बहुत बूढ़ा हो गया हूँ ?"

"नहीं तो !"

"जानती हो, क्या उम्र है मेरी ?"

"बतलाओ भी।"

महिम की पलकें शरारत में झिप गईं, बोला, "सोलह की।"

दोनों हँसने लगे कि पड़ोसिन की बच्ची प्याज माँगने आई। महिम ने घूरकर छोकरी की ओर देखा और मामी की नज़र बचाकर बाईं आँख दबाई। लेकिन वह महिम का इशारा पी गई और मामी की ओर देखती हुई खड़ी रही।

दस साल की साँवली-सलोनी देह—चेहरा साधारण। सिर के बाल घोंसले की याद दिला रहे थे। जाने कब से उनमें तेल नहीं पड़ा था ! गर्दन में मैल की तह जमी थी। बड़े-बड़े गंदे नाखूनोंवाले हाथ-पैर खरोंच के निशानों की बदौलत ही ध्यान खींच रहे थे। बदरंग खाकी निकर और मर्दों के पहनावे की पुरानी बनियान पहने हुए थी।

महिम ने कहा, "अन्दर उस कमरे में तख्तपोश के नीचे पड़े हैं प्याज़, जा, ले आ !"

वह कमरे की ओर जाने लगी तो मामी ने आँख से महिम को इशारा किया—"जाओ, देखो !"

महिम उसके पीछे कमरे के अंदर गया।

बाहर निकली, हाथ में अच्छा-खासा बड़ा-सा प्याज़ था। मामी की भौंहों में बल पड़ गए—और, प्याज़ के नीचे लड़की की हथेली पर दस पैसे का सिक्का मुस्कुराता रहा।

लड़की चली गई तो मामी ने कहा, "बचपन में ही भीख माँगने की ट्रेनिंग ले रही है।"

"क्या बुरा है ?" महिम बोला, "इस युग में हर भले आदमी की इज़्ज़त भीख पर टिकी है। तरीके बदल गए हैं, भिक्षावृत्ति की व्यापकता तो कई गुनी अधिक बढ़ गई है—और मामी, मुझे बड़ी खुशी होती है कि ब्राह्मणों का हमारा यह शानदार पेशा हमारी सरकार तक ने अपना लिया है—पड़ोस की बच्ची तुमसे प्याज़ या हरी मिर्च माँगने आती है और तुमको बुरा लगता है ! हमारी सरकार के कर्णधार छोटे-छोटे मुल्कों की सरकारों के सामने हाथ फैलाते हैं

जाकर, सोचो तो उनको कैसा लगता होगा ?”

पहले तो इस प्रवचन का मतलब उम्मी की माँ की समझ में नहीं आया, थोड़ी देर बाद उसी कमरे के अन्दर घी लाने गई तो अच्छी तरह सबकुछ समझ में आ गया। मुसल्लहपुर के देशी शराबखाने की 75 पैसेवाली वह बोतल अभी आधा घंटा पहले ही खाली हुई थी और इस वक्त कोने में पुरानी ट्रंक से उठंगकर ऊँघ रही थी।

इस तरह की सैकड़ों बोतलें सीढ़ियों के नीचेवाली खाली जगहों में पड़ी थीं। कई बार मामी के मन में उन बोतलों को बेच देने का खयाल आया था लेकिन शर्म के मारे असमंजस में पड़ी थी—लोग क्या कहेंगे ? खरीददार ही भला क्या समझेगा ?...आहिस्ता से उसने बोतल उठा ली, बाहर उन्हीं बोतलों के ढेर पर डाल दिया उसको। लगा कि दारू की बोतल नहीं, छछूँदर की लाश फेंक आई है, नफरत के मारे मामी का रोम-रोम झनझना रहा था। साँस यों घुट रही थी मानो नाक के छेदों में एक-एक छटाँक ब्लीचिंग पाउडर ठूँस दिया गया हो !

नशे की हालत में महिम को घर के अन्दर अकेले नहीं छोड़ती थी वह। सारी-सारी रात, सारा-सारा दिन अगोरती थी। बाहर नहीं निकलने देती थी। गालियाँ और पिटाई झेलकर भी उसको बहलाने की कोशिश करती थी। इसी साधना में एक बार सिर फट गया था और दूसरी बार दो दाँत टूट गए थे।

आज का नशा हल्का था। फिर भी मामी ने सोचा, ‘खिला-पिलाकर सुला दूँगी, गनीमत है कि बड़ी बोतल नहीं उठा लाए ! नहा रहे हैं ? अच्छा है, माथा ठंडा होगा...कमजोर भी तो हैं...खाँस रहे हैं, ज़्यादा तो न नहा लिया ?...ले ही आऊँ बाथरूम से।’

महिम नहाकर आ गया। कपड़े बदले।

कुर्ता उलटा ही डाल लिया था। मामी को हँसी आई, बोली, “ठीक से पहन लीजिए।”

खाना तैयार था। सेम और आलू का साग, पराँवठे और धनिया-हरी मिर्च की चटनी।

खाकर वह बाहर जाना चाहता था, पान खाने। मामी ने नहीं जाने दिया। खुद जाकर ले आई दो बीड़े। बोली, “ज़र्दा नहीं लाई

हूँ। पिपरमिंट डलवा दिया है...।"

ज़र्दा का अभ्यास नहीं था, शौकिया तौर पर महिमजी कभी-कभी ले लेते थे। नशे की स्थिति में लेने पर कै निश्चित थी।

ज़रा देर कविताएँ गुनगुनाते रहे, फिर नींद आ गई।

स्नान-ध्यान, चौका-चूल्हा...सबसे निबटकर उम्मी की माँ बाल बाँधने बैठी, आईना सामने रख लिया था।

तेल से तर उँगलियाँ सूखे बालों में चिकनापन ला रही थीं।

आँखें आँखों से भिड़ती थीं बार-बार और बार-बार स्मृति के तारों में कंपन पैदा होता था। आपबीतियाँ फिल्मी रील की तरह दिमाग के प्रोजेक्टर पर घूमने लगीं...

[चौबीस-पचीस की उम्र का स्वस्थ-सुन्दर युवक। चेहरा बिलकुल महिम का है...मोटे फ्रेमवाला वही चश्मा, वे ही घुँघराले बाल, कालरवाला वही कुर्ता, चमड़े का वही फोलियो...

[आओ ! आओ ! अन्दर आ जाओ ! मैं अर्से से जिसका इंतज़ार कर रही थी तुम वही हो न ? हो न वही ? सिर तो हिला दो, हाँ, वही हो ! और मैं तुम्हारी हूँ...तुम्हारे लिए ही मेरा जन्म हुआ था। तुम मुझसे आठ वर्ष बाद पैदा हुए थे न ? तो क्या हुआ ? वासना की कोई उम्र नहीं होती। जो प्यार को आयु के गज से नापते हैं उन जैसा कूढ़मगज दुनिया में भला और कौन होगा ?

[जिस व्यक्ति ने इस माँग में सिन्दूर भरा था, अपना कलेजा किसी और डाल में टाँगे रहता था। मैं उसके लिए मशीन थी, वंशवर्धन यंत्र !...तीन बच्चे हुए। लड़की है, सोलह साल की...बाकी दोनों लड़के हैं...लड़की अभी-अभी तुम्हें झाँक गई है, नागिन-सी छरहरी और खूबसूरत है। मैं भी कभी इसी कद-काठी की थी। आँख-नाक-होंठ-गाल, सबकुछ तो मिलता है। हाँ, ठुड्डी पर गौर करोगे तो बाप ही की बेटी साबित होगी।

[दस रोज़ : बीस रोज़ : महीना : दो महीने...तीन, चार, साढ़े-चार, साढ़े-चार महीने...तुम साथ रहते हो। चार-चार सौ, छः-छः सौ रुपए कमा लेते हो...सारी-की-सारी रकम मुझे थमा देते हो ! बाबा रे बाबा, ऐसा भी क्या किसी ने आदमी देखा होगा ? खुद

अपने पर पचास रुपए भी नहीं लगाता है ? गाँव के रिश्ते से वो तुम्हारे मामा निकल आए, तो लो, अब मैं तुम्हारी मामी हुई ! हुई न मामी ? नहीं हुई ?

[मैं तुम्हारे साथ देवघर की एक धर्मशाला में हूँ...हफ्ता-भर बाद पंडाजी ने हमारे लिए अलग मकान ढूँढ़ दिया है...छोटा लड़का और नौकर साथ है...बदहज़मी थी न ? अपना वह डाक्टर भी क्या हीरा आदमी है ! बाबूजी (पति) ने लिखा है, "डाक्टर की राय है कि तुम दो-ढाई महीना और रहो..." पत्र पढ़कर तुम मुस्कुरा उठे हो और मैं गालों पर तुम्हारे लिए एक-एक चपत का इनाम रख रही हूँ ! देवघर का पहाड़ी इलाका : चैत की चाँदनी रात : तुम और मैं...

[हाय ! यह तुम्हें क्या हो गया है ? उचाट हो गई है मुझसे ? नहीं, नहीं, ऐसा नहीं करो ! मैं तो बस खत्म ही हो जाऊँगी...मामी की अर्थी में कंधे भी नहीं लगाओगे ? इस तरह ऊब गए हो ? आह, अब मैं क्या करूँ ? कैसे बाँधूँ तुम्हारे इस मन को ? उम्मी को कर दूँ हवाले ! वो शायद तुम्हें काबू में ले आएगी ! मैं ठूँठ हो गई हूँ न ? तो लो, मेरी कोंपल से अपनी तबीयत बहलाओ !...बहरहाल, मुझसे पिंड नहीं छूटेगा तुम्हारा !

[उम्मी और महिम : महिम और उम्मी...रिक्शा पर साथ बैठते हैं, जाते हैं और आते हैं। नदी में तैरते हैं, सिनेमा देखते हैं, बाज़ार घूम आते हैं। पिता ने भी काफी छूट दे रखी है। कहते हैं, "देखो, हमारी उम्मी महिम से पेंटिंग सीख रही है...ला बेटा, कापी तो लेती आ ! देखा, कैसा कमाल कर रही है हमारी उम्मी ? बत्तख, मोर, उल्लू, मैना...गुलाब, कमल, कनेर, चम्पा...हाथी, ऊँट, बिल्ली, सूअर...मकान, जंगल, इन्द्रधनुष, नाव...रेखाएँ उम्मी की हैं तो रंग महिम के, उम्मी के रंग तो रेखाएँ महिम की !...और मैं उम्मी से जलने लगी हूँ।

[लो, उम्मी का महिम से सबकुछ हो गया ! छै-सात महीने बाद उम्मी माँ होगी, तब मैं नानी कहलाऊँगी ?...बिना शादी के ही वह माँ बन जाएगी ? राम ! राम ! लोग क्या कहेंगे ?

[भागलपुर में गंगा-किनारे बाबा बूढ़ानाथ के मन्दिर की अँगनई में उम्मी और महिम का ब्याह हो रहा है...वो इसके खिलाफ थे, उनसे झगड़कर उम्मी को ले आई हूँ। माँग में सिन्दूर पड़ जाएगा

तो नाहक एक जीव की हत्या तो न होगी ! कितना सीधा है महिम, शादी के लिए चट से तैयार हो गया !

[महिम ने शुजागंज से रेलवे लाइन से दच्छिन भाड़े पर मकान लिया है लेकिन उम्मी अकेले कैसे रहेगी ? एक दिन के लिए भी कभी अकेली रही नहीं आज तक !...मैं साथ रहने लगी हूँ...महिम और उम्मी और माँ यानी मैं...उम्मी का सुहाग मेरे धैर्य को चुनौती दे रहा है। रात को बगल के कमरे में वे दोनों जागते होते हैं, मैं चूड़ियों की खनखनाहट सुनती हूँ और मेरे अन्दर की प्यासी चुड़ैल का जंगली नाच शुरू हो जाता है...मैं घात लगाए रहती हूँ। उम्मी के सोते ही महिम को खींच लाती हूँ अपने बिस्तरे पर...फिर क्या होता है ? वासना की विकट आँच में झुलसी हुई राक्षसी उस मर्द को मथने लगी है...मथकर छोड़ देती है।...अतृप्त लालसा की यह तांडव लीला हर रात चलती है !

[एक रात उम्मी यह सब देख लेती है ! माँ के प्रति बेटी की रग-रग में घृणा का ज़हर फैल जाता है और अगले ही दिन वह पिता के पास वापस आती है...महिम के लिए जो भी कुछ स्नेह था वह पूरी तरह फट चुका होता है।

[पिता उम्मी की चिकित्सा करवाता है : माँ बनने का खतरा टल गया : स्वास्थ्य-लाभ, धूमधाम से अपनी बिरादरी में प्रकट तौर पर शादी !

[उम्मी, तूने यह अच्छा बदला लिया !...अब मैं भला वापस जाती ?...महिम, तुम्हारे बिना मैं कैसे ज़िन्दा रहती ? दुनिया जो चाहे कह ले, मैं नहीं छोड़ती तुम्हें ! ना !...सास-दामाद का रिश्ता तो महज़ दिखावे का रिश्ता था हमारा, दरअस्ल हम पिछले जन्म के पति-पत्नी थे।]

कम्पाउंडर की बीवी ने आकर याद दिलाया, "गन्ना नहीं चूसना है दीदी ?...आऊँ, मैं बाँध दूँ बाल ? कब से बैठी हो...।"

"नहीं।" उम्मी की माँ बोली, "कई रोज़ से बालों में साबुन नहीं लगा सकी हूँ, कल आधा घंटा माथा मलके नहाऊँगी। तुम चलो, मैं आती हूँ..."

बारह

छोटी साली का ब्याह था। पत्नी और बच्चे उसमें शामिल होनेवाले थे। दिवाकर को पाँच सौ रुपए का नोटिस प्रतिभामा की तरफ से मिल चुका था।

अतिरिक्त आय का कोई और सिलसिला दिवाकर के लिए रह नहीं गया था। गुप्ता ब्रादर्स, श्यामलाल एंड सन्ज़, साहित्य सदन, किताब कुंज आदि जितने भी प्रकाशक थे, स्कूली किताबों के पीछे पागल थे। उनका यह पागलपन औरों की निगाह में भले ही पागलपन हो, अपने लिए तो 'लाभ-शुभ' का नाटक था, लक्ष्मी का वरदान !

प्रतिभाशाली युवक साहित्यकारों की किताबें अव्वल तो वे लेते ही नहीं थे और यदि लेकर छाप भी लेते तो अँधेरे गुदामों में उन किताबों की रूह दस-दस साल तक घुटती रहती—मंजूरशुदा स्कूली किताबें इन प्रकाशकों के लिए खड़ी फसल थीं और उस फसल को

हथियाने के लिए वे क्या नहीं करते थे ? 'शह और मात' का उनका यह आत्मघाती खेल आपस में तो चलता ही था, दूसरे धंधों में लगे हुए लोग भी उनकी तिकड़मों का शिकार होते थे। कभी-कभी पासा पलट भी जाता था, शकुनि और दुर्योधन खुद ही पिट जाते थे। इन प्रकाशकों में से दो-एक की दिवाकर से अच्छी घनिष्ठता थी।

'34 से '46 तक—तेरह वर्ष साप्ताहिक 'शंखनाद' निकाला, चार बार जेल गए, एक दिवंगत क्रांतिकारी मित्र की पत्नी का हाथ पकड़ा और द्रौपदी बनाकर छोड़ दिया...दो मिनिस्टरों के लिए अभिनन्दन-ग्रंथ तैयार करवाए, एक वयोवृद्ध प्रकाशक की स्वर्ण जयंती मनवाई—कैंची और गोंद और रद्‌दी-पुरानी रीडरों से इन कई वर्षों में पचासों रीडरें औरों के नाम से तैयार कीं, प्रकाशकों से रुपए लिए...पिताजी और बड़े भाई की मृत्यु के बाद पालिटिक्स छूट गया। पटना आकर एक दैनिक समाचार-पत्र के टेबुल पर झुक जाना पड़ा...नौकरी और अटरम-शटरम दोनों साथ-साथ चलते आए। पीछे सरकारी सूचना विभाग में पैम्फलेट एडिट करने का काम मिल गया...दिवाकरजी की कमाई कम नहीं थी मगर खर्चा भारी था। परिवार का पिछला कर्ज चुकाया था, गाँव में पक्की ईंटों के खपरैलोंवाले दो मकान बनवा लिए थे, भतीजे को परचून की दूकान खुलवा दी थी। बड़ा लड़का एम.ए. के बाद दो साल हाई स्कूल की मास्टरी करता रहा और पब्लिक सर्विस कमीशन के अखाड़े में उतरा तो पहली बार नहीं, दूसरी बार छत्तीसवाँ पोज़ीशन पा गया और अब ज़िला सहरसा के किसी थाने में ब्लाक डेवलपमेंट आफिसर था। अब समय आ रहा था कि दिवाकरजी नौकरी छोड़कर फिर से सक्रिय राजनीति में कूद पड़ें और दो-ढाई साल की कसरत के बाद विधानसभा की उम्मीदवारी के लिए कांग्रेस में किसी-न-किसी गुट के जरिए अपने नाम की सिफ़ारिश हाई-कमांड तक पहुँचवा दें और नई दिल्ली के नए देवाधिदेव शायद द्रवित भी हो जाएँ !...

इस तरह की बातें दिमाग में आतीं तो दिवाकर शास्त्री अपने अन्दर एक अद्‌भुत प्रकार की मादकता महसूस करते और अगले ही क्षण उनका पार्थिव ढाँचा रिक्शे पर लदकर कॉफ़ी हाउस की ओर जा रहा होता।

बी.एन. कालेज के सामनेवाला कॉफ़ी हाउस...भुने हुए

नमकीन काजू...पानी का गिलास...सिगरेट का धुआँ और दिवाकरजी।

दिवाकर शास्त्री एम.एल.ए. ...दिवाकर शास्त्री एम.पी. ... दिवाकर शास्त्री एम.एल.सी. ...काजू के दाने और पानी का घूँट ! पानी का घूँट और सिगरेट का धुआँ !...सिगरेट का धुआँ और कॉफ़ी की चुस्की !...कॉफ़ी की चुस्की और काजू के दाने...

"ए जी, सुनते हो !"

"क्या चाहिए ?"

"काजू थोड़ा और ले आओ !"

"अच्छा !"

'अच्छा !...' दिवाकर के होंठ बुदबुदाए...अच्छा ! अच्छा !... कान जाने कौन-सा शब्द सुनना चाहते थे, जाने किस प्रतिशब्द का मिठास—किस प्रत्युत्तर की तरावट कानों को दरकार थे !...रेस्तराँ और होटलों में उत्तर भारत के बैरे जिस तरह मेज़ों पर ग्राहकों के सामने 'हजूर-हजूर', 'सरकार-सरकार' की झड़ी लगाए रहते हैं, दक्षिण भारत में वैसा रिवाज़ नहीं है। कॉफ़ी हाउस के उस कर्मचारी के मुँह से शायद इसी प्रकार का कोई शब्द दिवाकर के कान सुनना चाहते होंगे ! नहीं ? कॉफ़ी का गिलास खाली नहीं हुआ था लेकिन दिवाकर के दिमाग में राजनीतिक भविष्य की खुमारी का गुलाबी झाग गायब हो चुका था। मन में सन्तुलन का काँटा सही नुक्ते पर आ गया तो शास्त्री को साफ-साफ दिखाई पड़ा : 15 अगस्त, '47 से पहले का वह राजनीतिक मैदान बहुत बदल गया है। दाँव-पेंच बदल गए हैं। बोली बदल गई है। इशारा बदल गया है। खिलाड़ियों की नीयत बदल गई है...पहलेवाला वह लक्ष्य जाने किधर ओझल हो गया है ? ऊसर ज़मीन की मिट्टी घोलकर नमक बनाते-बनाते हज़ारों सत्याग्रही पुलिस की लाठियाँ खाते थे, विदेशी माल की खरीद-फरोख्त के खिलाफ दूकानों के समक्ष धरना देते थे, किसानों-मजदूरों और मध्यवर्ग के दीन-दुखी लोगों को मुसीबतों से छुटकारा पाने का आश्वासन मिलता था...उन दिनों राजनीतिक मैदान बिलकुल सपाट था...और आज ? खाइयाँ हैं, टीले हैं, बालू है, दलदल है, दरारें हैं, ज़हरीली घास है, कँटीले झाड़-झंखाड़ हैं... आगे बढ़ने का मनसूबा तोड़ने के लिए वह कौन-सी अड़चन है जो इस मैदान के अन्दर नहीं है ?...हाँ, इतना तो है कि हर बुरे-भले

काम में महाप्रभुओं का साथ देते रहोगे तो भौतिक लाभ अवश्य होगा। लड़का डिविज़नल आफिसर बन जाएगा, भतीजे को भारत सेवक समाज की ओर से ठेकेदारी मिल जाएगी, छोटा भाई मुखिया होगा और भांजे को चीनी मिल में क्लर्की मिलेगी !...अब और क्या चाहते हो दिवाकर ? ज़िला बोर्ड के चेयरमैन बनोगे ? शास्त्री की डिग्री है, ग्रेजुएट तो हुए ही ! तो फिर बिहार विश्वविद्यालय की सीनेट में नहीं आ सकते ?...

कॉफ़ी हाउस का बिल चुकता करके दिवाकर बाहर आ गया। पान के दो बीड़े लिए। निगाहें गांधी मैदान की तरफ उठीं, कानों के अन्दर लेकिन फिल्मी धुन घुस आई—

"मैंने जीना सीख लिया
पाप कहो या पुण्य कहो
मैंने पीना सीख लिया..."

[और, पीने के लिए उकसानेवाली इस कड़ी ने उसके ध्यान में महिम को लाके खड़ा कर दिया : हाँ, महिम ने पीना सीख लिया...अब तुम चाहे इसे पाप कहो या पुण्य कहो, महिम तो शराब नहीं छोड़ेगा ! छोड़ देगा ? अजी नहीं, तुम्हें अँगूठा दिखला-दिखलाकर पीता रहेगा।...महिम लेकिन दो-चार वर्ष से अधिक जिएगा नहीं ! उसे देखकर दिल को झटका लगता है, सीने की हड्डियाँ गिन सकते हो। हँसता है तो आँखें भयानक हो उठती हैं और गालों के गड्ढे देखकर पीले पत्तों के दोने याद आते हैं। कल शाम को ही तो मिला था महिम। अंजुमन इस्लामिया हॉल के हाते में और अन्दर कर्घा उद्योग वाली को-ऑपरेटिव यूनियन द्वारा आयोजित प्रदर्शनी का आखिरी दिन था। मैं अन्दर गया और शंकरजी घूम-घूमकर मुझे नुमाइश का अलग-अलग हिस्सा दिखलाने लगे। इसी बीच कब और कैसे महिम चुपचाप मेरे पीछे लग गया, राम जाने ! देख-भर लिया होता तो ठीक था, लेकिन उसे टोककर भारी मुसीबत बुला ली...महिम की बकवास भड़क उठी :

["दिवाकर भाई, पता है आपको ? अभी-अभी थोड़ी देर पहले महामहिम राज्यपाल यहाँ आए थे। आप बतला सकते हैं, क्यों आए थे राज्यपाल ? नहीं बतलाएँगे ? तो मुझसे सुन लीजिए...। वो आए थे हमारी जनता की जहालत और गरीबी को दुआ देने ! आज के

हमारे ये श्रीमंत महानुभाव नहीं चाहते कि विज्ञान के सूर्य की एक भी किरण दूर-देहात के उन कुटीरों तक पहुँचे...बड़े शहरों के अन्दर बिजली की बदौलत ग्रामोद्योग की तथाकथित सफलताओं का यह दिखावा धोखा है दिवाकर भाई, बिलकुल धोखा।...''

[मैंने महिम के मुँह पर हथेली रख दी, खींचकर हॉल के पिछवाड़े ले जाने लगा। बीस-पचीस आदमी इकट्ठे हो गए थे। श्रोताओं की उत्सुक आँखें और चेहरों पर तत्परता के भाव उसकी बकवास को भड़का रहे थे। हाथापाई करके महिम मुझसे छुटकारा चाहता था, उसे इतनी अधिक तादाद में मुस्तैद श्रोता जो मिल रहे थे।...मगर मैंने उसकी एक नहीं मानी, खींच-खाँचकर हॉल के पिछवाड़े ले आया। शंकरजी पीछे-पीछे दौड़े आए। उसने कहा, "महिम के लिए नाश्ता और चाय मँगवा लीजिए।" महिम के कान से होंठ सटाकर बोला, "देखो, रसगुल्ले आ रहे हैं तुम्हारे लिए !"

["संदेश नहीं ? खीरमोहन नहीं ?"—आँखें नचाकर महिम ने कहा, "मैं अकेले नहीं खाऊँगा दिवाकर भाई। आपको भी साथ देना पड़ेगा...भाग तो नहीं जाइएगा ?"

["सबकुछ आ रहा है।" मैं बोला, "साथ ही नाश्ता करेंगे।"

[...इस तरह बड़ी मुश्किल से कल मैंने महिम को काबू में किया। खिला-पिलाकर वापस ले आया मकान में।...]

दिवाकर मैदान की परिक्रमा करते रहे और दुनिया-भर की बातें सोचते रहे। थकावट महसूस हुई तो रिक्शा लेकर स्टेशन चले गए, बुक-स्टाल से पत्र-पत्रिकाएँ लेनी थीं।

शाम को तिलकधारीदास से मुलाकात हुई। उसने पूछा, "शास्त्रीजी, बाकी दो किताबें कब दे रहे हैं ?"

"होली के बाद लीजिएगा।" दिवाकर ने कहा।

दिवाकर की तरफ पान के बीड़े बढ़ाता हुआ वह मुस्कुराया, कहने लगा, "साहित्यिकों से बड़ा डर लगता है शास्त्रीजी ! जाने कितनों की एडवांस रकम पचाकर साहित्यकार 'विशुद्ध साहित्यकार' बनता है !—जाने कितनी पांडुलिपियाँ आप लोगों की कृपा से प्रकाशक की दराज़ में अधूरी पड़ी होंगी !"

पान लेकर दिवाकर ने माथा हिलाया। बोला, "साहित्यकार को भी ठीक इसी तरह प्रकाशकों से बड़ा डर लगता है। प्रकाशकों के प्रति उसकी भी सौ शिकायतें हैं...लेकिन मैं आपसे एक बात पूछता हूँ...आप इस धंधे में आखिर आए ही क्यों ?"

दासजी हँसने लगा, बोल गया, "मैं इस धंधे में नहीं आता तो आपसे इतनी किताबें भला कौन लिखवाता ?"

दिवाकर को भी हँसी आ गई।

हाल की छपी एक किताब का कवर देखता रहा फिर अच्छी छपाई और कागज के अकाल पर बातें होती रहीं।

थोड़ी देर बाद नेपाली नौकर ने आकर कहा, "हजूर, खाना तइयार है।"

दिवाकर तिलकधारीदास से एक बात और पूछना चाहता था। नेपाली से कहा, "चलो, आता हूँ।"

उठते-उठते दासजी से दबी आवाज़ में पूछा, "उस लड़की का पता चला ? आपकी तो शर्माजी से मुलाकात होती होगी !"

तिलकधारी ने कहा, "वह तो भागलपुर मामा के पास है। चिट्ठी आई है।"

"चलिए, अच्छा हुआ। फिक्र थी।"

"फिक्र की तो बात ही थी न !"

"लेकिन इस तरह बिना बतलाए क्यों चली गई ?"

"क्या बतलाया जाए ?"

दासजी को यद्यपि स्वयं ही नहीं माज़ूम था कि भुवन कहाँ है। दिवाकर से यों ही कुछ बतला रहे थे। कपार छूकर उँगली को नचाया। दिवाकर ने इस पर कहा, "नहीं, नहीं, उसका माथा खराब नहीं था ! हाँ, किस्मत खोटी हो सकती है।"

"किस्मत क्यों खोटी रहेगी ?"—तिलकधारीदास बोला, "शर्माजी की हैसियत मालूम नहीं है आपको ?"

शास्त्रीजी चुपचाप दूकान से नीचे उतर आए, शर्माजी की हैसियत के खिलाफ कुछ भी कहना असंगत और अनावश्यक लगा।

तेरह

संजीवन-आश्रम।

"सपरिवार ठहरने का स्थान और भोजनालय। अनाथ महिलाओं द्वारा संचालित"—बाहर तख्ती पर छोटे अक्षरों में लिखा था।

पटना सिटी और गंगा का किनारा...नगर के उत्तरी छोर पर घनी आबादीवाला मुहल्ला। बाढ़ से सुरक्षा के लिए बँधे हुए पक्के घाट, नीचे उतरने के लिए सुन्दर सीढ़ियाँ।

उत्तर तरफ सामने मुँह करके देखने पर जौ-गेहूँ की पक्की फसलों से सुनहला दियारा...ज़रा हटकर गंगा की पतली धारा।

बाँकीपुरवाली उस धर्मशाला से हटकर बुआ और नेपालिन संजीवन-आश्रम आ गई थीं, शर्माजी पहुँचा गए थे। यह कोई नई जगह नहीं थी उनके लिए, कई बार आ चुके थे, रह चुके थे।

स्त्रियों की तादाद ज़्यादा थी, मर्द कम थे। शक्लें नई-नई दिखाई पड़ती थीं। मकान पुरानी किस्म का दुतल्ला था। ऊपर दस कमरे, बीच की खाली जगह छोड़कर चारों तरफ बरामदा था। नीचे

गुदाम के लिए बड़े-बड़े हॉल थे, बीच में पक्की फर्शवाला आँगन। आँगन के एक कोने में नीम का पुराना पेड़ था। पेड़ की जड़ में तीन-चार पत्थर...गोल-गोल लोढ़ानुमा। एक त्रिशूल गड़ा था। हनुमान की मूर्ति थी जिसका सिन्दूर फीका पड़ गया था और झरे हुए सूखे पत्तों से पैर ढक गए थे।

पहचान की तीन औरतें बुआ से बातें कर रही थीं। उनमें से एक युवती और स्वस्थ थी, सुन्दर नहीं तो असुन्दर भी नहीं। दूसरी थी भुवनेसरी की तरह कम उम्र की और खूबसूरत। तीसरी अधेड़ थी, साधारण।

कम उम्रवाली लड़की ने पूछ दिया, "बुआ, भुवन अब नहीं लौटेगी ?"

बुआ तो चुप रही, युवती ने तड़ाक् से जवाब दिया, "वो तेरा खसम होती थी ? जा, नहीं लौटेगी।"

"साथ सोती थी एक-दूसरी से चिपटकर"—जो अधेड़ थी वह बोली और दाँत निकालकर खि-खि-खि करने लगी।

छोकरी ने कहा, "भुवन का मन नहीं लगता था यहाँ...।"

युवती ने भौंहें नचाकर कहा, "तेरा मन लगता है ?"

अधेड़ औरत हँसने लगी, "क्यों नहीं लगेगा मन ? नया-नया मर्द मिलता है, नई-नई बोतल और नया-नया पानी...।"

छोकरी ने उसके चेहरे की ओर देखा, तमककर कहने लगी, "तेरी तो तबीयत मर्दों से अघा गई है न ? उस रोज शाम को छँटी दाढ़ीवाला बुड्ढा जमादार कहाँ लिए जा रहा था टमटम पर बैठाकर ? और उस रोज गंगा की रेती पर धूप में किसकी मालिश कर रही थी ? और...।"

नज़रों के इशारे से बुआ ने डाँटा, छोकरी चुप हो गई।

नेपालिन चाय ले आई। सिर्फ बुआ के लिए एक कप।

दो घूँट पीकर बुआ ने युवती से कहा, "बात कूटने से क्या होगा ! जो जहाँ है, गर्दन तक कीचड़ में धँसा है। रंडियाँ नहीं होंगी तो भी उनका धंधा जिंदा रहेगा। हमने बड़े-बड़े ज्ञानी देखे हैं। वे बातें तो इतनी अच्छी तरह करते हैं कि सुन-सुनकर निहाल हो जाओगी, लेकिन...."

"सब समझती हूँ चम्पा बहन," युवती ने बीच में ही कहा और

कप की ओर उँगली उठाकर चाय की याद दिलाई—"ठंडी हो जाएगी।"

चम्पा चाय पी चुकी तो पान लिया। क्षण-भर बाद गम्भीर होकर कहने लगी, "मर्द और औरत एक-दूसरे के बिना रह नहीं सकते। एक की बोली दूसरे के लिए शहद है। एक की चितवन दूसरे के लिए बिजली है। उसकी गंध इसके लिए चन्दन है। यह छू देगी तो उस ठूँठ से टूसे निकल आएँगे।"

युवती हँसकर बोली, "तुम्हारी यह बात कानों को तो बहुत अच्छी लगती है, मुदा दिल इस पर क्या कहता है, बतलाऊँ ?"

"बतलाओ कुंती, ज़रूर बतलाओ !" चम्पा ने कहा।

कुंती कहने लगी, "अगर ऐसी बात है तो क्यों औरतें बिकती हैं ? क्यों उन पर डाक बोली जाती है ? क्यों उन्हें बाड़े के अन्दर कैद रखा जाता है ? मामूली भूल-चूक पर औरतों को क्यों घर से निकाल देते हैं ? चम्पा बहन, हम क्या अच्छे घर की अच्छी बहुएँ नहीं होतीं ? मुझे और तुम्हें किसने बर्बाद किया ? अच्छा चम्पा बहन, तुम अपने इस जीवन से खुश हो ?"

चम्पा ने माथा हिलाकर कहा, "नहीं, खुश नहीं हूँ। कोई भी औरत खुश नहीं है कुंती। अच्छे घर की अच्छी बहुओं से जाकर पूछो, वे भी खुश नहीं हैं। हाँ, हमारी घुटन और किस्म की है तो उनकी घुटन और किस्म की होगी...!"

वह अधेड़ औरत इन बातों में दिलचस्पी नहीं ले सकी, उठकर चली गई। लड़की अन्दर कमरे में जाकर नेपालिन से बातें करने लगी। चम्पा ने इधर-उधर देखा, कोई नहीं था। आश्वस्त होकर कहा, "अब तुमसे मैं क्या छिपाऊँ, भुवनेसरी हमेशा के लिए चली गई। शर्माजी ने उसके लिए बड़ी अच्छी जगह ठीक कर दी थी। मालदार आदमी था। पत्नी चल बसी थी, दो छोटे बच्चे थे। उनकी और अपनी देखभाल के लिए उसको किसी सयानी औरत की आवश्यकता थी। बच्चे बड़े हो जाते तो पाँच-सात वर्ष बाद वह उसी स्त्री से शादी कर लेता। बाप ने तीस साल तक स्कूली किताब छाप-छापकर लाखों की रकम बटोरी थी, एक बड़े शहर में कई किता मकान थे। शर्माजी बात पक्की कर चुके थे। नुमायश घूमते समय अलग से आकर एक बार वह भुवन को देख भी गया था...अब

इसको क्या कहोगी ! हाथों में अमृत का घड़ा लेकर विधाता सामने खड़ा था और तुम झाड़ू मार-मारकर उस बेचारे को खदेड़ आईं।"

कुंती मन-ही-मन बोली, 'शाबास भुवन, शाबास ! उस खूसट को तुमने बड़ी सफाई से अँगूठा दिखा दिया, बलिहारी है ! शर्माजी भी खूब छके ! बड़े आए बाप और चाचा बननेवाले !...इस बुड्ढे की नाक में छल्ला डालकर, भुवन, तुमने अपनी ही नहीं बल्कि सभी औरतों की नाक रख ली !...'

प्रकट तौर पर उसने कहा, "मैं तो भुवन को चालाक समझती थी, वो तो भारी गधी निकली चम्पा बहन !"

फिर कान के पास मुँह ले जाकर बोली, "मेरे लिए भी शर्माजी से कहो न ? तंग आ गई हूँ इस आश्रम से ! गंगाजी में छलाँग लगाए बिना क्या छुटकारा नहीं मिलेगा दीदी ?"

चम्पा ने ढेर-सी साँस छोड़ी, गर्दन उठाकर देखा। नील-निर्मल आकाश और विराट सूनापन, चम्पा को लगा कि यह उसकी ही रिक्तता असीम और नीलाभ बनकर ऊपर छाई हुई है। दिन का वक्त है। ढलता सूरज पश्चिम की तरफ मकान की ओट में चला गया है। तारे नहीं हैं तो नीलिमा और सूनापन दिल पर और भी गहरा असर डालते हैं...कुल मिलाकर कितना अच्छा लगता है... खो गई चम्पा ! गर्दन उसी तरह ऊपर की ओर थी, आँखें उठी हुईं !...दिल के अन्दर किसी खोह से आवाज़ आई : चली गई, भुवन तुमने ठीक ही किया ! मालदार तो मतलब का ही सौदा करता है...तुमसे तबीयत भर जाती तो दूसरी का सौदा करता ! पेट भरा हो और टेंट में काफी रकम हो तो हरी-हरी चरना चाहेगा आदमी...नहीं, तुमने अच्छा किया भुवन ! इस कुम्भीपाक से निकल भागीं, खूब किया !...

कुंती ने कंधे पर हाथ रखकर चम्पा को हिलाया।

"क्या सोच रही थीं ?"

"कुछ नहीं।"

"नहीं बतलाओगी दीदी ?"

"बात भी तो हो कुछ !"

"आसमान की ओर मुँह करके क्या देख रही थीं ?"

"कुछ नहीं कुंती, आसमान में भला क्या देखूँगी ?"

"छिपाती हो मुझसे ! कोई याद आ रहा होगा...।"

चम्पा को हँसी आ गई, बोली, "कुंती, भारी शैतान है तू।''

कुंती ने खिलखिलाकर कहा, "इस मकान में रामजी की दया से देवी और शैतान दोनों साथ रहते हैं। वे एक ही चौके में खाना खाते हैं, एक ही नल का पानी पीते हैं। दोनों का दिल एक है...।"

चम्पा ने उसके सिर पर हल्की चपत बैठाई, "पाजी कहीं की !"

कुंती ने कहा, "चलो, अन्दर ताश खेलें !"

"नहीं, अभी नहीं।" चम्पा बोली, "कुछ काम है कुंती !"

"अच्छा !" मुँह बनाकर कुंती ने कहा और चौके की ओर चल पड़ी।

रसोइया नौजवान था। अच्छी शकल-सूरतवाला। बीच में आकर चाबी ले गया था। दुबारा आकर चम्पा से पूछने लगा, "रात क्या तरकारी बनेगी ?"

चम्पा ने कहा, "आलू और गोभी का फूल ले आओ, बथुआ मिले तो रायता बना लेना।"

"अच्छा हजूर !"

"कुंती से नहीं पूछ लिया ?"

"पूछा तो था, आपके पास भेजा है...।"

रसोइया चला गया।

चम्पा के दिमाग में भुवन घूम रही थी। बरामदे में तख्त तो था, गद्दा नहीं था उस पर। लेटने का जी कर रहा था। वह अन्दर कमरे में गई कि नेपालिन से कहकर गद्दा डलवा लेगी बाहर।

लेकिन उस दूसरे गद्दे पर नेपालिन और वह लड़की सो रही थी, गपशप करती-करती जाने कब सो गई थीं !

चम्पा को कुछ याद आ गया, ट्रंक खोलकर तीनों लिफाफे निकाल लिए जिनके अन्दर बहुत सारे फोटो रखे थे !

मोढ़ा खींचकर बैठ गई और फोटो देखने लगी।

बड़ी आँखोंवाली युवती : चेहरा बड़ा ही आकर्षक है...मनोरमा, तू जालंधर पहुँच गई न। तेरा मर्द सरदार है। कलकत्ते में बारह वर्ष टैक्सी चलाई है। पहले लाहौर और जमशेदपुर रह चुका है। सरदार ने कई जगहों पर औरतें खोजीं, छाँटकर आखिर तुझे ले गया। हमारी माँग ढाई हजार की थी, सरदार ने अठारह सौ दिए...शर्माजी को डेढ़

सौ का सूट दिया और मुझे सौ की साड़ी दी थी। सलवार और कुर्ती—साटन के उस सूट में तू कितनी जँच रही थी !

खूबसूरत जवान : बाल कितने अच्छे हैं...ब्रजनन्दन, तुम मुझे कितना प्यार करते थे ! हमारा रहना होता था उन दिनों पूर्णिया के भट्ठा बाज़ार में, तुम कटिहार से आकर अक्सर मिल जाते थे। समस्तीपुर से बदलकर कटिहार आए थे न ? पार्सल क्लर्क की ड्यूटी थी...कपड़े, चीनी, फल, मेवे, बिस्कुट के डिब्बे, लालटेन, टार्च....तुम कितनी चीज़ें लाते थे ? तुम्हारी दी हुई टार्च तो बल्कि आज भी मेरे पास है ! तुम्हारी बीवी आ गई फिर हमारा मिलना-जुलना बन्द हो गया। दरअसल वह बड़े ही शक्की स्वभाव की औरत थी। पिछले साल सोनपुर में तुम दिखाई पड़े। दस वर्षों में क्या से क्या हो गए हो ! पूछा तो बोले—सात बच्चों का बाप हूँ, ज़िंदगी-भर क्या वही कंदर्पनारायण बना रहूँगा ? और, भाभी तुम भी ढल गई हो, आईना नहीं देखा है ?...हाँ, ब्रजनन्दन देखा है आईना। रोज देखती हूँ और रोज याद आते हो। तुम मेरे लिए सखा भी थे, सखी भी थे ! झूठ कहती हूँ ? उकडूँ होकर और पीठ पर झुककर बाल नहीं सँवारते थे मेरे ? जूड़ा नहीं बाँधते थे ? चोटी नहीं गूँथते थे ? बंगला नाटकों के लिए ग्रीनरूम में अभिनेत्रियों का केश-विन्यास तुम्हारे ही हाथों सम्पन्न होता था...लेकिन यह भागलपुर की बात है और तब तुम कालेज के छात्र थे...ओह, हम एक-दूसरे के दिल में कितना अधिक धँस गए ! कितना अधिक मालूम कर लिया था हमने एक-दूसरे के बारे में !

औरतों के तीन चेहरे : अकेली मन्नो से जितना लाभ हुआ, उतना भी इनसे नहीं हुआ...एक को बनारस में किसी संन्यासी के हवाले किया, दूसरी वहीं एक खत्री की रखैल बन गई और तीसरी कलकत्ते में है एक अफगान के पास। पन्द्रह सौ भी आए होते !

एक नेपाली परिवार के साथ : दार्जिलिंग...सहेली के भाई की शादी में पहाड़ पर गई थी। विराटनगर ससुराल था, दार्जिलिंग मायका।

दो छोटे बच्चे : दार्जिलिंगवाले उसी परिवार के दोनों बच्चे हैं...बटन-जैसी छोटी आँखोंवाला यह बच्चा कितना हिल-मिल गया था मुझसे ? देखते ही लपकता था !

छोटा कुत्ता : विराटनगर...सहेली के ससुरालवालों का कुत्ता। इसे उन लोगों ने किसी भोटिया व्यापारी से खरीदा था...नवाबजादे मेरी गोद में सो जाते थे आकर ?

शर्माजी : जयनगर...अनाथ औरतों की खोज-खबर लेने का प्रयास आपने यहीं से आरंभ किया। जयनगर के नजदीक भारत-नेपाल सीमा से लगी हुई एक बस्ती थी जो शर्माजी की बहन के अधिकार में थी। इनकी जवानी बहन की ज़मींदारी का इंतजाम करने में गुजरी। ज़िला का सदर मुकाम होने की वजह लहेरियासराय जाना-आना लगा ही रहता था। बीस रुपए पर तीन कमरे ले रखे थे। भूली-भटकी और शरण में आई हुई औरतों के लिए पहला विश्राम-केंद्र उन्हीं कमरों को बनाया गया...'अनाथ महिला सेवासदन' मुहर बन गई, साइनबोर्ड टँग गया...मुहर तो अब भी कहीं पड़ी होगी !

वर-वधुओं के दो जोड़े : आर्यसमाज मन्दिर...ये विवाह शर्माजी ने करवाए थे। दान के तौर पर संस्थाओं को पाँच सौ की रकम दिलवा दी थी। स्त्रियाँ समाज से बहिष्कृत और आश्रयहीन थीं, पुरुष सिंध और पंजाब के थे, जिनका उधर कहीं ब्याह नहीं हो सका था...हवनशाला के इर्द-गिर्द पत्तों और कागज़ की झंडियोंवाली रस्सियाँ टँगी हैं, बीचोबीच हवन-कुंड दिखाई पड़ रहा है।...

शर्माजी का बड़ा लड़का : सूट-बूट डाटकर इंटरव्यू के लिए जा रहा है...आजकल छोटानागपुर के किसी थाने में दारोगा है।

कालीमाई की प्रतिमा और भैरवी : बागबाज़ार के पास हुगली के किनारे...। शोभाबाज़ार में बासा था। जाड़े की धूप में अक्सर मैं नहाने निकल जाती थी। कातिक से लेकर चैत तक हुगली का पानी खूब साफ रहता है, हरा और निर्मल। जीभ निकाले काली मइया और जटाओंवाली आनन्द भैरवी...रेलवे लाइन से ज़रा हटकर पीपल के नीचे धूप में बैठकर अपने बदन को तेल से चुपड़ा करती थी, कमर से पतला गमछा लिपटा रहता था, सारे अंग दिखाई पड़ते थे। इक्के-दुक्के अधेड़ और युवक करीब में खड़े होकर रेलिंग से लगे-लगे इस भैरवी की तरफ देख लेते थे। मुझसे बातें करती थी। वह बंगला बोलती थी, मैं हिन्दी। बीच-बीच में चीख पड़ती—माँ काली, रोक्खे कोरो...साँवली सूरत, गोल चेहरा, छोटी-छोटी आँखें, सामनेवाले दो

दाँत बाहर निकले हुए थे। भाल पर सिन्दूर का बड़ा टीका। एक रोज़ एकांत पाकर बोली, "तुम्हारी तो अभी चढ़ती उम्र है, आनन्द के समुद्र में गोते लगाने की उम्र। माँ काली के चरणों की छाया में एक-से-एक रत्न चमक रहे हैं। बेटा, तुम उनसे खेलो...रत्नों की चमक से तुम्हारे दो काम होंगे, शोभा भी बढ़ेगी और तरावट भी पहुँचेगी। मेरे साथ घर चलो, वहाँ माँ काली की पुरानी प्रतिमा है। हमारी अपनी माँ ! एक बार तुम चलो तो, दर्शन तो करो एक बार !.." मैं गई ज़रूर भैरवी के पीछे-पीछे लेकिन चुड़ैल ने बेहद परेशान किया। बासा पर बक्स में गहने कितने हैं, रकम कितनी है, रिश्ते के कै ठो मर्द यहाँ कलकत्ते में रहते हैं, माँ काली के उसके अपने भक्तों से रात को मैं किस तरह और कब-कब मिला करूँ, भक्तों से मिलना अस्वीकार कर देने पर माँ मेरा कितना अहित कर सकती है...आदि-आदि बीसियों बातें भैरवी ने समझाने की कोशिश की और दो घंटे तक मेरे माथे का गूदा चाटती रही ! डर के मारे भैरवी के हाथ का न कुछ खाया, न पिया। मूर्ति मामूली थी और मकान भी मामूली था। एक कमरे के अन्दर चटाइयों से घेरकर माँ की कुटिया तैयार की गई थी। मुझे उस वक्त दिन के एक बजे भक्त या रत्न तो न दिखाई दिए, हाँ डाकिनी-शाकिनी कोटि की चार-छै औरतें अवश्य झाँक गईं। गाँठ में दो-ढाई रुपए थे, फूल और माला के नाम पर भैरवी ने ले लिए...चलते वक्त ज़रा-सा प्रसाद और यह फोटो मिला। पीछे पता चला, वह तो रंडियों का मुहल्ला था। ठेठ सोनागाछी।

पिछले दस-बारह वर्ष के अपने भी कई फोटो थे। शर्माजी के दो-तीन फोटो और थे। तीन-चार फोटो सरदारों के थे। पूरी डील और भरे चेहरेवाले दो फोटो एक अलग कवर में नज़र आए...इतने में घिसा हुआ एक पुराना फोटो सामने आ पड़ा : बी. ब्रह्मचारी : पीठ पर नाम लिखा था।

बी. ब्रह्मचारी : डरावनी आँखें, मोटी लम्बी नाक, चौड़ी पेशानी। गया ज़िले में पुश्तैनी ज़मीन से किसान बेदखल किए जाने लगे तो उन्होंने सामूहिक सत्याग्रह का रास्ता अपनाया। यह आंदोलन ज़मींदारों के खिलाफ तो था ही, सरकार के भी अनुकूल नहीं था। शासक बातें तो किसानों के हित की करते थे, अमल में लेकिन

ज़मींदारों को नब्बे प्रतिशत समर्थन हासिल था। दमन की दुहरी चक्की में पिसते-पिसते धीरज का बाँध टूटा तो देहात का एक युवक कानून का रास्ता छोड़कर हमेशा के लिए फरार हो गया और डाके डालने लगा...गया, आरा और डाल्टनगंज के ज़िलों के अन्दर जहाँ कहीं डकैती होती थी, बी. ब्रह्मचारी का नाम उस सिलसिले में ज़रूर लिया जाता। दस वर्ष पहले यह कैसा भोला-भाला युवक था ! स्वामी सहजानन्द वाली किसान रैली में शामिल होने के लिए टेकारी से आया, पचीस-तीस किसान साथ थे। बाकी लोग तो लौट गए, ब्रह्मचारी लेकिन किसी काम से रुक गया था। शर्माजी के छोटे भाई से जान-पहचान थी। जेल में वे साथ रहे थे। हमारे साथ वह चार ही रोज़ रहा...गाता कितना अच्छा था। फोटो ठीक नहीं है, उचक्का-जैसा लगता है। अपनी गीता के साथ वह पुरानी निशानी भी हमारे लिए छोड़ गया था। दो-तीन वर्ष पहले की बात होगी, एक डकैती में ग्रामीणों से घिर गया और गुत्थमगुत्थे में जान गई। अखबारों में खबर छपी तो हमें मालूम हुआ...कैसा अनाड़ी था, सुअर की तरह भाले से घायल होकर प्राण गँवाए।

लड़की की आँखें खुलीं तो हड़बड़ाकर वह उठ बैठी, नेपालिन को भी उठा दिया।

बुआ की तरफ देखकर नेपालिन बोली, "अन्दर आकर जाने कब से बैठी हैं, बताया भी नहीं।"

लड़की बाहर की ओर देखने लगी।

बुआ ने फोटो सहेजते हुए कहा, "देखती क्या हो, दिन डूबने ही वाला है।"

नेपालिन ने लड़की के कंधे पर हाथ रखा। पूछा, "मीना, चाय पियोगी ?"

मीना ने कहा, "चलो उधर, रसोई में बनवाते हैं।"

नेपालिन बुआ की ओर देखती रही। बुआ बोली, "तबीयत सुस्त है मेरी। खाना नहीं खाऊँगी, दूध पी लूँगी।"

"अभी चाय तो पीयोगी ?" मीना ने पूछ लिया।

बुआ ने माथा हिलाकर हामी भरी और ट्रंक बन्द किया।

शाम को आश्रम का मैनेजर चम्पा से मिलने आया।

इधर-उधर की साधारण बातचीत के बाद चम्पा ने कहा, "इस

तरह बैठाकर औरतों को कब तक खाना देते रहिएगा ? इनसे कुछ-न-कुछ काम भी तो लीजिए !"

"औरतें आखिर औरतें ही ठहरीं," मैनेजर बोला, "इनसे नाव की रस्सी तो नहीं खिंचवाएगा कोई ? आपने इस बारे में काफी कुछ सोचा होगा, कुछ बतलाइए न !"

चम्पा ने कहा, "आप पढ़े-लिखे लोग जब चुप्पी साधे हुए हैं तो मुझ-जैसी जाहिल औरत क्या सोचेगी ? मर्द जो भी लीक खींच देते हैं, हमारे लिए वही वज्रलेख हो जाता है। हमारी अकल गौरैया की तरह फुदक सकती है, दूर की उड़ान नहीं भर सकती।"

"क्या कीजिएगा ऊँची उड़ान भरके ?" मैनेजर ने चश्मा को फिर से एडजस्ट किया और कहने लगा, "हवाई दुर्घटनाएँ बढ़ गई हैं। गरुड़ के पंख झुलस जाएँगे तो भगवान की क्या गति होगी ?"

चम्पा ने महसूस किया, मैनेजर बाबू मुंद्रिका प्रसाद विनोद के मूड में हैं। मीना का गाना सुनने या कुंती से गप्पें उड़ाने आए होंगे। मन की सुस्ती हो तो आदमी सोचना भी पसन्द नहीं करता।

प्रसंग बदलकर मैनेजर ने पूछा, "शर्माजी कब तक आएँगे ?"

"दस-बारह रोज़ लग जाएँगे।" चम्पा बोली। कुछ रुककर कहा, "नेपालिन का जी उचटा-उचटा-सा रहता है, उसके लिए जल्दी कोई प्रबंध करना चाहिए।"

"दिल्ली जाना पसन्द करेगी ?"

"क्यों नहीं पसन्द करेगी, रिश्ता अच्छा होना चाहिए।"

"ठेकेदार है, अच्छी तरह रखेगा।"

"रह लेगी।"

"चार रोज़ के बाद भाग तो नहीं आएगी ?"

"मार-पीट करेगा तभी भागेगी। औरतें सहारा पा जाती हैं तो उसे आसानी से छोड़ना नहीं चाहती हैं।"

"मीना क्यों भाग आती है बार-बार ?"

"उसे इसके लिए तैयार किया गया होगा..."

"लेकिन आश्रम की बदनामी होती है, अधिकारियों को बार-बार खेद प्रकट करना पड़ता है।"

चम्पा चुप हो गई। नाटे कद की सुडौल देह, गेहुँआँ सूरत और चाँद-सा मुखड़ा...कमलपत्री आँखें, नुकीली नाक, पतले होंठ, साँचे में

ढले हुए गाल...माथे पर माँग के करीब दस-बीस बाल सफेद पड़ चुके थे। मुँह खोलती थी तो छोटे-छोटे मोतिया दाँत जगमगा उठते थे। उम्र पैंतीस से ज़्यादा नहीं होगी।

कुछ सोचकर बोली, "कोई समझदार और सुन्दर नौजवान मीना को मिल जाता तो भागने की नौबत शायद ही आती !"

मैनेजर ने रसोइया को पान के लिए आवाज़ दी और सिर के अधपके बालों पर हाथ फेरता हुआ कहने लगा, "समझदार और सुन्दर नौजवान कारखाने में नहीं ढलते हैं देवीजी ! समाज जिनको वापस लेने के लिए तैयार नहीं होता उन लड़कियों के लिए दुनिया गेंद का मैदान है, सौ ठोकरों के बाद भी निश्चय नहीं कि गोल पर पहुँच ही जाएँगी ! हमारी तो कोशिश है कि वे सही ठिकाने पर जाएँ, किसी न किसी सहारे पर टिक जाएँ...आश्रम हमेशा घाटे में रहता है, दस-बीस सज्जनों की मेहरबानी है और दान मिल जाते हैं वर्ना दम घुट गया होता संस्था का।"

चम्पा के होंठ बन्द थे, खिड़की से आसमान की ओर देखती रही। मन-ही-मन उस धूर्त व्यक्ति को जवाब देने लगी : संस्था का दम क्या घुटता ? दम हो भी तो आखिर ? हाँ, तुम्हारा और रायसाहब का और महाशय मन्नूलाल का और वैजनाथ शर्मा का दम ज़रूर घुट जाता। आश्रम के दरवाज़े सदा के लिए बन्द हो जाते। कुंती और चम्पा-जैसी औरतें सड़क के किनारे फुटपाथ पर बैठकर पकौड़े छानतीं, बड़े घरों में महाराजिन या आया का काम करतीं, अपनी पसन्द के मुताबिक किसी चपरासी या ड्राइवर या पुलिस वाले या किरानी के साथ रह जातीं...। तुम्हारे जैसे दलालों की जूतियाँ चूसने की अपेक्षा फिर भी वह जीवन कहीं बेहतर होता, कहीं ताजा !...

रसोइया पान दे गया। मैनेजर ने कोट की पाकिट से ज़र्दा की शीशी निकाली। कमरे की दीवारों पर गौर किया, तीन कलेंडर टँगे थे। नया एक ही था, साहित्य सौरभ ग्रंथागारवाला। बाग में हरी घास पर पैर के बल आधी लेटी हुई तरुणी गुलाब की पंखुड़ियाँ गिन रही थी, पैरों के नज़दीक छोटा-सा एक खूबसूरत कुत्ता हवाई चप्पल से खेल रहा था...अमलतास और गुलमुहर के पेड़ों की कतारें दूर तक जाकर क्षितिज में खो गई थीं। पुराने कलेंडर अर्धनारीश्वर और

राधाकृष्ण वाले थे। कलेंडरों के अलावा खूँटियों पर कपड़े टँगे थे। खूब साफ और बड़ा आईना लटक रहा था।

उठकर मैनेजर आईने के सामने खड़ा हुआ, अपना चेहरा देखने लगा। बाल गंगा-जमनी हो रहे थे, चाँद गंजी थी। कानों की कगारों पर चार-चार बाल थे, वे भी पक रहे थे। उम्र पचास-साठ के दर्म्यान की होगी, स्वास्थ्य अच्छा था।

उधर से हार्मोनियम की आवाज़ आने लगी। मैनेजर चम्पा की ओर मुखातिब हुआ, बोला, "अभी तो इजाजत दें !"

चम्पा ने कहा, "मीना इधर अच्छा गाने लगी है, सुना है ?"

मैनेजर हँसने लगा, "फिल्मी गीत अच्छा गाती है।"

"नहीं, मैं तो भजन सुनती हूँ उससे।" चम्पा बोली।

मैनेजर ने आँख दबाकर कहा, "शर्मा को नहीं सुनवाया है भजन ?"

चम्पा गम्भीर हो गई, आहिस्ते से बुदबुदाई, "कई बातों में आपकी और शर्माजी की रुचि मिलती है।"

मैनेजर मुस्कुराता हुआ कमरे से बाहर निकला।

रात का खाना सचमुच ही चम्पा ने नहीं खाया। थोड़ा-सा दूध पीकर लेट गई। दिन में सोई नहीं थी, जल्दी ही पलकें झिप गईं।

नेपालिन को लगा कि बुआ सारी रात अच्छी तरह सोएगी, बीच-बीच में न तो उसे उठना ही पड़ेगा और न बकवास ही सुननी पड़ेगी। वह खुद दिन में दो घंटे सो चुकी थी। रात का खाना खाकर उसने बुआ की मशहरी तान दी और स्विच ऑफ़ करके मीना से बातें करने चली गई।

दो घंटे तक नींद का गाढ़ापन बना रहा फिर वह पतली हो गई क्योंकि साथवाले कमरे से मीना के ठहाकों की आवाज़ आई थी। आँखें मूँदे रहने पर भी अब चम्पा उस तरह सो नहीं सकी और मन विगत जीवन की गलियों में भटकने लगा :

लाड़-प्यार में पला हुआ बचपन। मामूली पढ़ाई-लिखाई। शादी और शादी के दो साल बाद पति का देहांत। कभी माँ और सास के साथ रहना, कभी देवर और देवरानी के साथ। तरुणाई के शुरू में

जीजा ने छू दिया था। पहले दिल को, फिर देह को...बाद में तीन साल का बच्चा छोड़कर जीजी का चेचक की बलि चढ़ना। जीजा और उनकी बूढ़ी माँ—मेरी सास और माँ ने जीजा का अनुरोध मान लिया।

बच्चे की देखभाल के लिए मैं जीजा के साथ रहने लगी हूँ...

मैं जीजाजी को मौके-बेमौके छेड़ देती हूँ...

जीजा हँस पड़ते हैं लेकिन बढ़ावा नहीं देते हैं।

ड्यूटी के बाद ओवरटाइम खटके वह वापस आते हैं। नाश्ता और चाय के बाद लेट जाते हैं। मैं उनकी पीठ और कमर और जाँघ चाँपती हूँ। मेरे हाथ कमर और जाँघ के बीच ही लौट आते हैं बार-बार, जीजा लेकिन मेरा हाथ खींचकर बार-बार अपनी पीठ की तरफ कर लेते हैं...।

जाने उन्हें क्या अनुभव होता है कि फुर्ती से उठ बैठते हैं।

इशारे से पानी माँगते हैं पीने के लिए। लाकर पानी का गिलास थमाती हूँ, चार-छै घूँट लेकर जीजा मेरी आँखों में देखते हैं।

मैं नज़रें झुका लेती हूँ, लाज की हल्की लाली शायद गालों पर उभर आई हो !

"चम्पा !"

"जी !"

"एक बार इन बाँहों के अन्दर लेकर मैंने तुम्हें चूम लिया था, याद है ?"

मैं कुछ नहीं बोलती हूँ। जीजा की ओर देख भी नहीं रही हूँ।

"नहीं याद है ?"

मैं माथा हिलाकर स्वीकार का इंगित देती हूँ।

वह पानी पीकर गिलास पलँग की पाटी पर रखते हैं, कहते हैं, "चार-पाँच वर्ष हो गए न ? तुम्हारी शादी नहीं हुई थी और बातें करते-करते अक्सर मेरे हाथ बहकने लगते थे...तुम्हारी आँखों में प्रतिरोध की चिनगारियाँ छिटक उठतीं और मैं सकपकाकर हाथ हटा लेता था ! याद है चम्पा ?"

"जी, सब याद है।"

"लेकिन अब स्थिति बदल गई है !"

"मैं समझी नहीं जीजाजी !"

वह गम्भीर हो गए हैं, मैं उनकी ओर देख रही हूँ।

"बतलाइए न !"

"कोई खास बात तो है नहीं, चम्पा !"

"आपके लिए न भी हो, मेरे लिए तो होगी।"

"तो सुनो..."

"आलोक कहाँ है ?"

"बाहर पड़ोस में खेल रहा होगा...।"

"और माँ ?"

"चौके में। आग सेंक रही हैं।"

"माँ ने शादी के लिए कई बार कहा है...इस बारे में तुम्हारी राय जानना चाहता हूँ..."

मेरी छाती धड़कने लगी है। आशा-मिश्रित कौतूहल मेरी साँसों को भारी बना रहा है, "जीजा, क्या इस धुली माँग में फिर सिन्दूर डालेंगे !"

"अगर माँ का डर न होता तो निश्चय ही मैं तुमसे शादी कर लेता। माँ को मैं ईश्वर से अधिक मानता हूँ चम्पा, माँ की रुचि और अनुकूलता पर मैंने अपनी पसन्द को कभी नहीं लादा..."

मैं चुप हूँ। आशा गायब हो चुकी है, कौतूहल शेष है, नाखून से नाखून खरोंच रही हूँ। जीजाजी दीवाल से पीठ टिकाकर बैठ गए हैं और लगातार मेरे चेहरे की ओर देख रहे हैं, मैं लेकिन आधी-तिरछी नज़र से ही उनकी मुखमुद्रा बीच-बीच में भाँप लेती हूँ..."ऐसी क्या ऊटपटाँग बात मैंने कर दी ! अच्छे-भले तो लेटे पड़े थे, ज़रा देर और चाँप देती तो बदन हल्का हो जाता..."

"तुम मेरा बदन चाँपती हो, रग-रग की मालिश हो जाती है चम्पा ! बड़ा ही सुख मिलता है। काश, मैं तुम्हारी माँग में फिर से सिन्दूर भर सकता !"

"अब समझी ! आपको अपने पर भरोसा नहीं है जीजाजी ? चाँपते समय मेरे हाथ बहक जाते हैं ?...अच्छा, अच्छा ! मैं आपके मन की शान्ति नहीं छीनूँगी जीजाजी, परेशान नहीं करूँगी आपको ! अभी और कै वर्ष जिएगी आपकी माँ ? बाद में पत्नी के तौर पर मुझे स्वीकार कीजिएगा न ?"

"नहीं ? स्वर्ग में तब भी बुढ़िया का दिल दुखेगा ?"

"माफ कीजिए जीजाजी, आप पहले दर्जे के डरपोक हैं ! कायर हैं ! शहद मिलाकर इस ईमान को चाट जाइए !"

"चम्पा, मैं तुम्हें फुसलाकर खाई के अन्दर ढकेल दूँ ? जवानी की तुम्हारी इस कसमसाहट को बढ़ावा दूँ ? मैं भी विधुर हूँ, तुम्हीं विधवा नहीं हो चम्पा ! अपने पर अंकुश दो, काबू में रखो अपने को !"

"जी, महात्माजी ! चार वर्ष पहले गर्मी की उस दुपहरिया में अपना यह अंकुश कहाँ भूल आए थे आप ? मैं क्वाँरी थी, मुझे पता नहीं था कि वासना का स्वाद क्या होता है !..."

जीजा पलँग से उतरकर मेरे पैर पकड़ लेते हैं।

"क्षमा करो चम्पा, मैं तुम्हारे लिए कुछ नहीं कर सकूँगा !"

मैं पैर छुड़ाकर दो कदम पीछे हट जाती हूँ...कायर कहीं के !...उस व्यक्ति के प्रति मेरे अन्दर घृणा उबल पड़ती है। वहीं कोने में थूककर बाहर निकल जाती हूँ...।

अगले ही रोज़ माँ के पास चली आती हूँ।

दो महीने बाद सिलीगुड़ी।

एक खटिक नौजवान मुझे भगा लाया है।

[आम का बाग...आधा हिस्सा चाचा का था। हमारा हिस्सा अपने नौकर अगोरते थे। चाचा ने अपना हिस्सा खटिकों को बेच दिया था, टिकोरे थे तभी। वैशाख की दुपहरी परिवार के लड़के-लड़कियाँ वहीं बाग की तरावट में गुज़ारते थे। खटिकों में से एक नौजवान अच्छी डीलडौल का और बेहद खूबसूरत था। ज़ालिम बाँसुरी कितनी बढ़िया बजाता था। एक रोज़ शैतान ने काले-काले जामुन क्या खिला दिए, मुझे खरीद ही लिया ! हम मौका निकालकर अकेले में मिलने लगे...।

[मैमनसिंह, ढाका, राजशाही...बिहार के हज़ारों मुसलमान इधर आकर आबाद हो गए हैं। खेती-बाड़ी, होटल, पुलिस, मिलिटरी, हाट-बाज़ार, प्रेस, अदालत-कचहरी और सरकारी सेक्रेटेरियट...पूर्वी पाकिस्तान में कहाँ नहीं बिहार की कच्ची उर्दू गूँजती है।]

सफदर ने होटल खोल लिया है। दो नौकर रख लिए हैं। रहने के लिए अलग मकान मिल गया है। आमदनी बढ़ती गई तो मेरे गहने भी बढ़ते गए।...सफ़दर की माँ आई हैं और मैं भी तो माँ हो

गई हूँ ! बच्ची का नाम सफदर ने सकीना रखा है मैं लेकिन उसे शकुंतला कहती हूँ।

रकम की गर्मी और दोस्तों की सोहबत...सफदर खूब ढालने लगा है। माँ मना करती है तो उसे गालियाँ देता है...गिन-गिनकर नोटों की गड्डियाँ बनाना और झूमना और गुनगुनाना—

'रोते भी रहे, हँसते भी रहे,
हम तुझसे मुहब्बत करके सनम
रोते भी रहे, हँसते भी रहे !
इक दिल के टुकड़े हज़ार हुए
कोई यहाँ गिरा, कोई वहाँ गिरा...'

बच्ची के बाद बच्चा पैदा हुआ है। सफदर ने नाम रखा रुस्तम, मैं लेकिन उसे विजय ही कहूँगी !—नशे में धुत्त होकर एक बजे रात को घर लौटता है और पीटने लगता है मुझे। कभी-कभी तो बेदम कर डालता है...हे भगवान, कौन-सा पाप किया था पहले जनम में कि इस राक्षस के साथ भाग आने की कुबुद्धि मन में आई !

चौथे साल सफदर का नाना मरता है। थाना इस्लामपुर ज़िला पटना से तार पहुँचता है। हिन्दुस्तान आने की वीसा मिल जाती है, बच्चों को लेकर महीना-भर के लिए हम ढाका छोड़ते हैं।

कटिहार जंक्शन में छै घंटे का वक्त मिलता है। सफदर एक दोस्त से मिलने बाज़ार गया कि मेरे दिमाग में बंधन से छुटकारा पाने की लालसा काँप उठती है।

—बच्चों का क्या होगा ?

—उन्हें छोड़ दूँगी।

—छोड़ दोगी ?

—नहीं...हाँ !

—कैसा पत्थर का दिल पाया है ! छिः।

—मगर अबकी लौटकर जो पाकिस्तान गई तो सफदर फिर कभी लौटने नहीं देगा।

—पीट-पीटकर दुम्बा बना डालेगा ?

—बस, ज़्यादा मत सोचो ! भाग चलो चम्पा...

—लेकिन बच्चों को छोड़कर एक माँ के पैर उठेंगे ?

—ज़हन्नुम में जाओ !

—बच्चे...शकुंतला और विजय !

—मेरी कोख जल नहीं गई है, बच्चे फिर हो जाएँगे...हिन्दुस्तान में रहूँगी तो कभी उस गाँव की मिट्टी छू सकूँगी जहाँ जन्म हुआ था।

समय नहीं है। मैं जल्दी करती हूँ।

सफदर की माँ दोनों बच्चों को सँभाले हुए है। मैं पाखाना जाती हूँ और नहीं लौटती हूँ।

तीसरे दिन शाम को हावड़ा, बिना टिकट आई हूँ न ! जगह-जगह उतरती आई हूँ...

जय काली माई !

भीख से पेट नहीं भरता है। माँ, तुम्हारी लम्बी जीभ ने लोगों की दया-माया भी पी ली है न ?

—ओए, तू भीख क्यों माँगती है ?

—यह उम्र तेरी माँगने की नहीं है...

—तो क्या करूँ सरदारजी ?

—खाना पकाएगी ?

हामी भरी और पीछे-पीछे आ गई सरदारों के। बालीगंज में बोंडेल रोड से ज़रा हटकर एक पुराने मकान में सरदारों का अड्डा। बाहर एक-न-एक टैक्सी खड़ी रहती है।

बहुत आराम से हूँ। एक नहीं, तीन-तीन सरदार मुझ पर कुर्बान हैं! इस निगोड़ी देह को मानो भालू ने ही फूँक मार दी है...स्वास्थ्य में ऐसा निखार कभी नहीं आया था। पता नहीं, भाग्य में क्या बदा है ! फूलकर मैं भैंस तो नहीं हो जाऊँगी ?

जापानी रेशम की सलवार और कुर्त्ता, मखमल की ओढ़नी... चम्पा, तूने कड़ा भी पहन लिया है और कृपाण भी लटका ली है। अमृतसर की सरदारनी बन गई है, शाबास चम्पा !

—होटल चला रही है तू ?

—शराब और कबाब और...

—हाँ, सबकुछ...

—तीन बंगाली लड़कियाँ भी रख ली हैं न ?

—तो क्या हुआ !

एक मद्रासी ऐंग्लो-इंडियन छोकरा...।

एक नेपाली युवक...

उत्तर प्रदेश का एक अधेड़...

क्लर्क, व्यापारी और शिक्षक—हुस्न की झील में तीनों गोते खाने लगे। सरदार की ओर से हरी झंडी का सिगनल मिला, तू आगे बढ़ी चम्पा ! दो साल के अन्दर उनका काफी सत निचुड़ गया। नेपाली की खुखरी मद्रासी के गले पर खेल गई। शिक्षक ने व्यापारी को चकमा दिया और सरदार को नई छोकरी मिली। खुखरीवाला फरार होकर नेपाल भाग गया। मुकदमा चला तो शिक्षक को दो वर्ष की सज़ा हुई और तुझे छै महीने की...बंगाली छोकरियों में से दो को पुलिस ने अपनी तरफ न मिला लिया होता तो तू अदालत के कटघरे से बेदाग निकल आती चम्पा ! पन्द्रह-बीस हज़ार जमा हुए थे, सारी रकम लेकर सरदार चम्पत हो गया...चल, यह भी अच्छा ही रहा !

जेल से रिहा होने पर मास्टरजी से मिलती हूँ।

मास्टरजी मुझे शर्माजी का पता देते हैं।

हावड़ा में शर्माजी का घी का कारोबार है। मैं उनसे सलकिया में मिलती हूँ।

शर्माजी जेल-गेट पर जाकर मास्टरजी से मिलने जाते हैं और मेरे बारे में पूछताछ कर आते हैं। मैं शर्माजी के साथ रहने लगी हूँ।

[यह आठ साल पहले की बात है, अब तो घी का धंधा शर्माजी का भतीजा सँभालता है। खुद वह आजकल कोई खास काम-काज नहीं करते हैं। बीच-बीच में ठेकेदारी के लिए दो-एक टेंडर ज़रूर भर देते हैं। टिप्पस भिड़ती है और काम बन जाता है।]

लोगों को मेरा परिचय वह 'रिश्ते की एक बहन' के तौर पर दिया करते हैं। यों मुझसे उनकी उम्र दस-बारह वर्ष ही ज़्यादा होगी और वह विधुर नहीं हैं। साथ रहते-रहते नेह-छोह हो ही जाता है, मैं अपने प्रति शर्माजी के अन्दर गाढ़ी ममता पाती हूँ। उन्हें प्राणेश्वर या जीवन-धन तो मैं शायद ही कभी कह सकूँ किन्तु मेरे आश्रयदाता और प्रतिपालक अवश्य हैं। मैं बहुत भटक चुकी हूँ, अब विश्राम चाहती हूँ। तन-मन लगाकर शर्माजी की सेवा मैं करती रहूँगी...

[साल-डेढ़ साल हम कलकत्ता और रहे। फिर बिहार रहने लगे। बिहार का शायद ही कोई ज़िला छूटा हो। पूर्णिया, सहरसा, भागलपुर, मुजफ्फरपुर, मोतिहारी, छपरा, राँची, हज़ारीबाग, जमशेदपुर, पटना...कहाँ नहीं रहे हैं शर्माजी ? नेपाल के विराटनगर, जनकपुर, वीरगंज भी उनकी प्रिय जगहों में से रहे हैं। पश्चिम में काशी और प्रयाग, पूरब में कलकत्ता...अनाथ औरतों के सिलसिले में शर्माजी ने एक बार कहा था : पहले इस काम के पीछे मेरी कोई कमज़ोरी भी रही होगी, अब लेकिन मैं इस काम को 'अत्यंत पवित्र एक राष्ट्रीय कर्तव्य' मानता हूँ चम्पा ! मेरे लिए यह एक ऐसा हाबी है जिसके साथ सामाजिक दायित्व भी जुड़ा है...और कितनी तत्परता से शर्माजी इस काम को करते आए हैं !]

—वो देखो, शर्मा की नई रखैल...

—अच्छी चिड़िया फाँस लाया है पट्ठा...

—चाल तो देखो, रूपनगर की रानी लगती है...

—बच्चू की मौसी है, इलाज कराने आई है...

—हाँ भई, शर्मा खुद ही भारी डाक्टर हैं न !

—उसकी अपनी डिस्पेन्सरी है...

—पेटेंट दवाइयों के उसके पार्सल कहाँ-कहाँ नहीं जाते !

—लेकिन यह हिरनी किस जंगल की है ?

—पुट्ठे पर सील-मुहर होगी, देखके बतलाऊँगा...

—चल-चल, यह मुँह और मसूर की दाल...

—इसे मैंने किसी फिलिम में देखा है...।

ये तो मर्दों के रिमार्क हैं।

औरतें क्या कहती हैं मेरे बारे में ?

—सोनागाछी से आई है...

—छूत की बीमारी है, इससे अलग ही रहो दीदी।

—देखना, यह राँड कहीं तुम्हारी मुन्नी को न फुसला ले !

—आँख है कि चित्ती कौड़ी है...

—डायन कितनों की कलेजियाँ चबा गई होगी...

—कैसी बहन है कि भाई को ही खसम बना रखा है...

—ऐसा न कहो, बड़ी देर तक पूजा-पाठ करती है।

—पाठ दिन को, पूजा रात को।

[शर्माजी की घरवाली तक मेरी शिकायत पहुँची। बड़े घराने की उस चतुर महिला ने ननद की मार्फत पति को कहलवाया : गाँव-घर से दूर दुनिया-भर की खाक छानते-छानते जीवन गुज़र गया, देह की मशीन को आराम भी मिलना चाहिए और तेल-पानी... मुसीबत की मारी एक भली औरत छाँह में आ गई है तो अब उससे दुराव रखना ठीक नहीं, साथ रहती है तो रहे...लेकिन विधवा है, माँग में सिन्दूर न डलवा ले आपसे !]

तो, सिन्दूर क्या मैं खुद ही नहीं अपनी माँग में भर ले सकूँगी ?

विधवा तो मैं कभी रही नहीं ! पति के बाद मन ही मन जीजा के प्रति समर्पित हो गई। जीजा ने जवाब दे दिया तो सफदर पर फिदा हुई, उसने चम्पा को कुलसुम बना लिया...कानों में छल्ले डलवा दिए चाँदी के...छेदों के निशान नहीं हैं इन कानों में ?

कुलसुम के बाद ? सतवंत कौर ? हाँ, सतवंत कौर। सरदारों ने मुझे यही नाम दिया था।...सतवंत कौर ने दम तोड़े तो चम्पा फिर से जी गई...शर्माजी ने पहली बार पूछा तो चट्-से मैंने अपना नाम बतलाया, चम्पा। अब मैं ज़िदगी-भर 'चम्पा' ही रहूँगी या फिर यह नाम बदलना पड़ेगा ?

हाँ, मैं विधवा नहीं हूँ। सपने में भी अपने को मैं विधवा नहीं मानती। शर्माजी पति नहीं हैं मेरे, उनका आसरा है मेरा पति। बच्चे नहीं होंगे, मैंने आपरेशन करवा लिया है न ? शर्माजी मुस्कुराकर कभी-कभी कह देते हैं : चम्पा, तुमने प्रकृति के नियम का उल्लंघन किया है !...कुदरत के अनुशासन में नश्तर मारा है...तभी तो बीमार रहती हो...मैं गलत कहता हूँ चम्पा ?

—आप भला गलत कहेंगे शर्माजी ? नहीं शर्माजी, नहीं ! आप बिलकुल ठीक कहते हैं...मगर मैं भी गलत नहीं कहती शर्माजी, आपरेशन करवा लिया, अच्छा किया मैंने। नहीं ? अच्छा नहीं किया ?

मैं हँसती हूँ, शर्माजी गम्भीर हो जाते हैं।

शर्माजी हँसते हैं, मैं गम्भीर हो जाती हूँ।

[अब रत्ती-भर भी अभिलाषा माँ बनने की रह नहीं गई है मेरे अन्दर। क्या होगा माँ बनकर ? बालीगंज में थी तो एक बच्चा हुआ था, आठ महीने जिया...अच्छा हुआ कि नहीं रहा। बच्ची नहीं हूँ कि फिर वैसी गलती करूँगी। उस ऐंग्लो-इंडियन मद्रासी छोकरे ने एक बार कहा था : ज़िन्दगी का कोई सिलसिला जम जाए तभी बच्चा पैदा करो, बच्चे को किस्मत के भरोसे छोड़ दोगी तो वह छछूँदर या लोमड़ी की तरह मारा-मारा फिरेगा तो फिर गालियाँ तो डार्लिंग तुम्हीं सुनोगी न ?]

शर्माजी ज़िम्मेवार आदमी हैं। मेरे बच्चे को या बच्ची को पाल-पोसकर और पढ़ा-लिखाकर वह आदमी ज़रूर बना देते...मगर उसके लिए सामाजिक सम्मान कहाँ से खरीद लाते शर्माजी ?

शर्माजी मुझे उदास देखते हैं। सोचते हैं, बच्चा होता तो उसमें उलझी रहती।

मैं उन्हें गम्भीर पाती हूँ। सोचती हूँ, इनकी यह छिछली भावुकता इन्हें ही मुबारक हो ! मैं खिलखिला उठती हूँ, कहती हूँ—तबीयत बहलाने के लिए गुड्डा ला देंगे प्लास्टिक का ?

वह उठकर चल देते हैं। रंज हो गए ?

—बड़ी निठुर हो तुम चम्पा !

—निठुर ? क्या किया है मैंने आपका ?

—मेरे लिए नहीं, खुद अपने लिए निठुर हो तुम !

—आपके सिर पर अखरोट फोड़ूँ तो कहना...

—अपना सिर लहूलुहान किए बैठी रहोगी सो मुझसे देखा जाएगा ?

—लेकिन, प्लास्टिक का गुड्डा आप ज़रूर ले आइए ! चाबी से चल-फिर सके, हँसे-बोले और आप बाहर से आएँ तो दोनों हाथ जोड़कर नमस्ते करे !

शर्माजी बाहर निकल जाते हैं।

तुम शर्माजी का मखौल उड़ाती हो चम्पा ? यह अच्छा नहीं है चम्पा ! बुजुर्ग की मूँछों के बाल दुधमुँहे बच्चों की खातिर खेल में आ सकते हैं, तुम उन्हें मत नोचो चम्पा। यह लत महँगी पड़ेगी रानीजी...तुम्हारी जैसी तो लड़कियाँ हैं शर्माजी के—एक-एक की

शादी में पन्द्रह-पन्द्रह हज़ार खर्च हुए हैं, तुमने समझ क्या रखा है ? एक दामाद डाक्टर है, एक इंजीनियर—

और लड़कियाँ दोनों क्या हैं ?

दर्जा सात और दर्जा छै तक पढ़ी हुई हैं...सीना-पिरोना और स्वेटर बुनना जानती हैं। आड़ी-तिर्छी पंक्तियों में और लँगड़ी भाषा में अपने-अपने पति को पत्र लिखती हैं...

[मैं भी अपने पति को अशुद्ध भाषा में पत्र लिखा करती थी, पंक्ति टेढ़ी और अक्षर बदसूरत...जो दस हज़ार देकर खरीदा गया था मेरे लिए। उस नौजवान को इस फूहड़पन पर बड़ी खीझ आती थी। वह खुद पढ़ाकू लड़का था, परीक्षाओं में हमेशा प्रथम श्रेणी पाता था। चाची से मेरे बारे में एक बार उसने कहा था : यह मेरे क्या काम आएगी ! मैं यूनिवर्सिटी में प्रोफेसर रहूँगा। दूसरे प्रोफेसर साथी और उनकी शिक्षित पत्नियाँ हमसे मिलने आएँगे, यह ठीक से बातचीत भी तो नहीं कर पाएगी ! कम-से-कम मैट्रिक तक भी पास करवा दिया होता...अपनी लड़की चाहे गोबर हो, लड़का लेकिन हीरा चाहिए !...]

नींद आने लगी तो मीना ने नेपालिन से कहा, "जा, अब तू भी सो !"

नेपालिन भी कई बार जम्हाइयाँ ले चुकी थी, बोली, "खूब हँसाती है न ! तेरे पास सारी रात बैठी-पड़ी रहूँ तो भी उठने का जी नहीं करेगा। तुझे ज़ोरों की नींद आ रही है न ?"

आफिस की बड़ी घड़ी ने दो बजाए...टन, टन !

"हाँ, जा, अब सो जा ! सवेरे मुझे उठा देना आकर !"

"लेकिन मेरी नींद कैसे टूटेगी मीना ?"

"बुआ स्टोव जलाएगी न।"

"हाँ, वो तो तड़के ही जग जाएगी। आठ ही बजे सो गई थी..."

लेकिन नेपालिन ने नज़दीक आकर देखा, बिजली जल रही है। बरामदे की ओर रोशनदान था, तिर्छे शीशे से होकर आधी रोशनी तो साफ आ रही थी और आधी छनी हुई।

आहिस्ता से किवाड़ें ठेलकर वह अन्दर आ गई।

किवाड़ों को भिड़ाकर साँकल चढ़ाने लगी कि बुआ ने कहा, "रहने दो, बाहर जाऊँगी। तुम सो जाओ।"

फर्श पर गद्दा बिछा था, नेपालिन लेट गई। उसे आश्चर्य था कि बुआ अब तक जगी थी...पूरी नींद के बाद शायद अभी-अभी आँखें खुली होंगी !

नेपालिन को पाँच मिनट बीतते न बीतते नींद आ गई।

चम्पा की तबीयत बिलकुल बिखर चुकी थी। दिमाग भारी हो आया था। बिस्तरे से उठकर सुराही के पास आई, स्टेनलेस स्टील के उस नफीस गिलास में लेकर पानी पिया और बाहर निकली।

फागुन की पूर्णिमा दो रोज़ बाद ही पड़ती थी। नीम के नीचे चितकबरी चाँदनी का अल्पना आँखों को बड़ा ही प्यारा लगा। इस दुतल्ले पर बरामदे चारों तरफ से घिरे हुए थे, रेलिंग काठ का था। बीच की आँगनवाली जगह ऊपर के असीम आकाश को नीचे अपनी चौकोर परिधि में लेकर नीम के उस विशाल वृक्ष की महिमा और भी बढ़ा रही थी।

बुआ देर तक रेलिंग से लगी खड़ी रह गई। उसे उस समय बार-बार भुवन की याद आ रही थी...कम्पाउंडर की बीवी, उम्मी की माँ, तिलकधारीदास, मुंशी मनबोधलाल, और वह संजीदा छोकरा विभाकर याद आ रहे थे। बड़े बालोंवाला वह खाँसता हुआ चेहरा...महिम ! कत्थई रंग के गंदे दाँतोंवाले वह सज्जन...दिवाकर ! बदसूरत कुतिया और दोनों पिल्ले। मुंशीजी का भांजा, निगाहों के भद्दे इशारे...भोली-भाली भुवनेसरी !

कहीं दूर से होली के गीतों की मोटी और आवेगपूर्ण ध्वनि आ रही थी, सोई रात का सन्नाटा मृदंग की थापों से टूक-टूक हो गया था...एक मोटा चूहा निचले तल्ले के एक कमरे से निकला और आँगन को बीचोबीच पार कर गया। बुआ ने आँखें मलीं, जम्हाई लेकर चेहरे पर वही हाथ फेर लिया और कमरे के अन्दर आ गई। भुवन साथ-साथ अन्दर आई, वह बुआ के दिमाग पर जाने कब तक हावी रहेगी। बेचारी को सोने नहीं देगी क्या ?

चम्पा ने आहिस्ते से सादी कापी निकाली, पेन हाथ में लेकर कागज़ पर झुकी। वह भुवन को पत्र लिखेगी।

"प्यारी भुवन,

पता नहीं, तुम कहाँ हो—"

लेकिन पत्र का होगा क्या ? अचार-मुरब्बा तो नहीं बनेगा, न सब्ज़ी ही बनेगी ? तो फिर क्या होगा पत्र लिखकर ? भुवन तक कैसे पहुँचेगी चिट्‌ठी ? छोकरी का पता भी तो मालूम हो...चम्पा की कलम रुक गई थी, आगे नहीं बढ़ रही थी। वह अजीब पशोपेश में पड़ गई। तकिए पर बाईं केहुनी और उसी हथेली पर गाल टिकाकर निगाहों को छत की कड़ियों में उलझाया ही था कि कम्पाउंडर की बीवी मुस्कुराकर सामने खड़ी हो गई।

—तुम जानती हो भुवन का पता ?

—मेरा पत्र भुवन तक पहुँचा दोगी ?

—माथा हिला रही हो, तुम्हें भी भुवन का पता नहीं है ?

—उहुँ, तुम उसका पता ज़रूर जानती हो !

—मैं पाँव पड़ती हूँ तुम्हारे, यह पत्र भुवन तक पहुँचा देना ! इतना-सा काम तो कर ही दो...मैं क्या करूँगी उसका पता-ठिकाना मालूम करके !

चम्पा के दिमाग पर कम्पाउंडर की बीवी जमी रही। अब वह उस तरह मुस्कुरा नहीं रही थी, चेहरा संजीदगी में डूब चुका था और आँखें झुकी थीं।

—तुम भुवन को मेरा पत्र ज़रूर पहुँचा दोगी !

—यह पत्र उसे बिना पहुँचाए तुमसे रहा जाएगा ?

—मैं किसी से नहीं बतलाऊँगी, मुस्कुरा रही हो, तुम्हारे होंठ हिल रहे हैं !

—तो, अब तुम भुवन तक मेरा पत्र पहुँचा ही दोगी।

—मैं पूरा लिख तो लूँ...

"प्यारी भुवन,

"पता नहीं, तुम कहाँ हो !

"इधर कई दिनों से बार-बार तुम्हारी याद आ रही है। दो महीने हो गए हैं, साठ दिन और साठ रातें। झूठ नहीं लिखूँगी कि तुम पर गुस्सा नहीं है मेरे अन्दर। क्रोध के साथ किन्तु ममता भी

कम नहीं है भुवन, तुम्हारे प्रति अपने अन्दर मैं कभी कठोर और निठुर न हो पाई।

"शर्माजी की और उनके मित्रों की निगाहों में तुम्हारी तरुणाई के लिए कैसी ललक छलका करती थी ! अच्छा हुआ कि इसका आभास तुम्हें नहीं हुआ भुवन ! लेकिन मुझे तो पहरा देना पड़ा था, शिकारियों की टपकती लारें मैं कैसे भूल जाऊँगी ?

"मेरा मन मुझसे बार-बार कहता है कि हमारी मुलाकात होगी और ज़रूर होगी। धरती छोटी नहीं है भुवन, और समय असम्भव को भी सम्भव बना डालता है ! आज के बिछुड़े हुए कल नहीं तो परसों और परसों नहीं तो चार दिन बाद मिलते हैं। नहीं मिलते हैं ?

"घबड़ाकर शादी न कर लेना भुवन, न किसी आश्रम में भर्ती होना। मुझे लगता है कि तुम समाज की इस सड़ाँध से—इस कुम्भीपाक नरक से निकलकर नई दुनिया के समझदार लोगों के बीच पहुँच गई हो...वहाँ, जहाँ के नर-नारी मिल-जुलकर आगे बढ़ते हैं, जहाँ कोई किसी की बेबसी का फायदा नहीं उठाता, कोई किसी को चकमा नहीं देता, जहाँ पुरुष बल होगा तो स्त्री बुद्ध होगी, स्त्री शक्ति होगी तो पुरुष ज्ञान, भुवन तुम निश्चय उसी संसार में पहुँच गई हो !

"जी करता है, तुम्हें बेटी कहके पुकारूँ और तुम अगले ही क्षण सामने आके खड़ी हो जाओ ! मुझे माँ कहने में तुम शायद हिचक उठोगी भुवन ! नहीं, मैं उतनी बुरी नहीं हूँ, बेटा। देखना, मैं भी इस नरक से बाहर निकलूँगी...

"मैंने तुम्हें एक अच्छी साड़ी तक न दी ! टालती रही हमेशा, बहाने बनाती रही। लेकिन अब सोचती हूँ, महँगी साड़ियों का चस्का न लगाकर मैंने तुम्हारा भला ही किया...रेशम की साड़ियों और सोने के गहने जाने कितनी मुसीबतों के बीज अपने अन्दर छिपाए रहते हैं !

"उस दिन बाथरूम से तुम गायब हो गईं, बिलकुल ठीक लिया तुमने भुवन ! आधा घंटा बाद शर्माजी तुम्हें साथ लेकर निकलनेवाले थे न ? जिसने भी तुमको भागने की सुबुद्धि दी थी, उसे मैं सारा जीवन धन्यवाद देती रहूँगी।

"तुम तो बेहद सीधी हो, बड़ी समझदार। मुझे क्षमा मिलनी

चाहिए भुवन, सामने आ जातीं, तो अवश्य ही मैं तुम्हारे पैर पकड़ लेती... ।

चम्पा,

तुम्हारी वही बुआ।"

पत्र लिखकर चम्पा ने कागज़ को चारों तहों में मोड़ लिया और सँभालकर सिरहाने के नीचे रखा। स्विच ऑफ कर आई। माथा हल्का हो चुका था। कुछ देर में नींद आ गई।

चौदह

कम्पाउंडर की बीवी मायके गई, अब तक लौटी नहीं थी।

चैत खत्म हो रहा था। धूप बर्दाश्त नहीं होती थी। पछिया के झोंके लोगों की गालियाँ सुनने लग गए थे। बुढ़िया बंगालिन के हाते के अन्दर छोटा-सा बाग था। केलों के पत्ते चहारदीवारी पर से बाहर लटके रहते थे मगर हवा के थपेड़ों ने बुरा हाल कर रखा था उनका, हरी झालरों के धनुष बन रहे थे और निगाहों को चिढ़ाते थे !

महिम की बीमारी का हाल सुनकर उसकी माँ, बीवी, बच्चे, छोटा भाई आ पहुँचे।

महिम की बीवी पढ़ी-लिखी नहीं, समझदार और मीठे स्वभाव की थी। उसने मामी का दिल जीत लिया। एक दिन मुस्कुराकर बोली, "हम आपको भी देहात ले चलेंगे मामी, यहाँ अकेले रहकर क्या करेंगी आप ? दो महीने बाद फिर इनके साथ ही वापस आ जाना...हमारे उधर आमों का मौसम अच्छा रहता है। कलकत्ता, बंबई, दिल्ली कहाँ नहीं जाते हैं तिरहुत के आम।"

उम्मी की माँ का ननिहाल सीतामढ़ी के पास था, फैली-फैली

आँखों से हुलास उँडेलती रही और कहा, "गई हूँ उधर। दरभंगा, समस्तीपुर, सीतामढ़ी, रक्सौल, सब देखा है बहू !"

"अब हमारे साथ चलिएगा। आप पास रहेंगी तो इनका भी मन लगेगा। परदेश में आपका ही तो सहारा था। बिलकुल बच्चे का स्वभाव है मामी, इनको सँभालना मुश्किल हो जाता है !"

"मैं वैशाख में चार रोज़ के लिए आ जाऊँगी बहू !"

"नहीं मामी। आप नहीं आएँगी !"

"कोई दुश्मनी है कि नहीं आऊँगी !"

बाहर से उछलता-कूदता बच्चा आ गया। इशारे में अपनी माँ से खाने के लिए कुछ माँगने लगा।

आठ-नौ वर्ष के उस खूबसूरत बच्चे को मामी ने पास बुलाया, कंधे पर हाथ रखकर कहा, "चल, मैं देती हूँ।"

कमरे के अन्दर ले जाकर चार बिस्कुट और रामदाने के दो लड्डू दिए।

उम्मी की माँ को आज अपने दोनों लड़कों की याद आ रही थी। छोटा तो बार-बार दिमाग में आ रहा था। अब तो चौदह का हुआ, कितना बड़ा हो गया होगा...बुरी तरह मन कचोटता रहा...बड़े की याद आई...उम्मी की याद आई तो दिमाग ने झटका खाया।

इतने में महिम की माँ ने बुला लिया।

इधर वह ज़्यादा खाँसने लगा था। दिवाकर को और अशंक को शक हो रहा था टी.बी. का, मगर एक्स-रे और मल-मूत्र-खून आदि की अलग-अलग जाँच के आधार पर डाक्टर सेन ने अपने चैंबर में महिम के शरीर की आधा घंटा तक परीक्षा-निरीक्षा की और टी.बी. की शंका को निर्मूल घोषित किया। प्रिस्क्रप्शन में स्थान-परिवर्तन और पौष्टिक खुराकवाले निर्देश तो थे ही, दो-तीन प्रकार की दवाओं के बारे में भी लिखा था।

नेह-छोह, अनुनय-विनय, हठ और आँसू, अन्त में अपनी जान दे देने की धमकी...माँ ने बड़ी मुश्किल से महिम को गाँव चलने के लिए राज़ी किया। उम्मी की माँ अपना ज़ोर अलग डालती रही। अकेले में महिम को उसने बार-बार समझाया था। वस्तुतः उम्मी की माँ ने अद्‌भुत त्याग और संयम का परिचय दिया। यदि वह ज़रा-सा भी प्रतिकूल इंगित देती तो महिम माँ की बात नहीं मानता !

कल सुबह 5.45 वाले स्टीमर से वे महिम को ले जानेवाले थे।

चार पर अलार्मवाली सुई लगाकर सभी सो गए। माँ, बीवी, छोटा भाई और बच्चे गहरी नींद में थे।

महिम ने आहिस्ते से मामी को जगाया।

दोनों फुसफुसाकर बातें करने लगे।

"अब भी वक्त है, तुम कहो तो न जाऊँ !"

"ऐसा पागलपन न करना महिम !"

"और अगर मैं चार-छै महीने न लौट सकूँ..."

"मैं ही पहुँचकर मिल आऊँगी।"

"लेकिन जाने ही क्यों देती हो ?"

"वहाँ जल्दी तंदुरुस्त हो जाओगे महिम !"

"मन तो नहीं लगेगा मामी !"

महिम का हाथ अपने हाथ में लेकर मामी बोली, "अब इस मन का भी इलाज करना होगा !"

"मन का इलाज ?"—विस्मय में डूबकर महिम ने जानना चाहा।

"हाँ, मन का इलाज !"—मामी बोली।

महिम उसके चेहरे की ओर देख रहा था। दोनों तख़्तपोश पर बरामदे में बैठे थे। बाहर आँगन में चैत की चाँदनी फैली। उजलेपन का भास्वर परिवेश बरामदे के अंधकार को धो रहा था। दीवारों की सफेदी तो उसे और भी पतला कर रही थी। महिम के बालों के लच्छे मामी को साफ-साफ दीख रहे थे। सोच रही थी : कल इस वक्त काले बालों वाला यह सुन्दर मुखड़ा यहाँ से पचास कोस दूर होगा और मैं इसी घर के अन्दर सोई रहूँगी...!

महिम ने कहा, "तुम इतनी निर्मम हो मामी !"

"हाँ महिम।"—मामी गम्भीर होकर बोली, "लेकिन, मेरी इस निर्ममता से कई प्राणों में जीवन का रस छलकेगा ! कई सूखी नदियों में पानी के रेले आ जाएँगे ! देखा नहीं है, पिछले दस-बारह दिनों में तुम्हारी माँ के चेहरे की रंगत कितनी बदल गई है ! बहू की आँखों में ठंडक नहीं देखी है ? बच्चों का उल्लास नहीं नज़र आया है ? प्रीति में पगी हुई अपने भाई की आवाज़ नहीं आई है कानों के अन्दर ? बार-बार परोसन माँगकर तुम माँ के हाथों का पकाया खाना खाते

हो, अच्छा नहीं लगता है ? कल सौंफ और पुदीना के पत्ते पीसकर बहू ने शर्बत तैयार किया था और तुम तीन गिलास पी गए थे। बारह साल की अपनी बिटिया संध्या ने दो रंग के धागों से रूमाल के कोने में तुम्हारा नाम काढ़ लिया था, वह सफेद रूमाल अभी तुम्हारी पाकिट में होगा। अब दिन-रात तुम इन्हीं के बीच रहोगे, तुम्हें प्रसन्न देखेंगे तो उनकी ममता धन्य-धन्य हो उठेगी। इनका रोआँ-रोआँ मुझे आशीर्वाद देगा। ढेर-ढेर दुआ हासिल होगी तो शायद मेरे भी दिन लौटें... ।"

महिम का हाथ नीचे पाकिट की ओर गया।

मामी ने कहा, "लौंग डालना चाहते हो मुँह के अन्दर ? ठहरो, ला देती हूँ !"

लौंग लाके दिया।

महिम चुप था। मामी भी चुप थी।

अन्दर बच्चे ने बच्ची की देह पर लात रख दी, नींद में ही संध्या ने एतराज़ किया—क्यों प्राण लेता है शेखर !

मामी अन्दर गई, दोनों को अलग-अलग कर आई।

बोली, "देखो महिम, बिना बाप के बच्चे बिलल्ला हो जाते हैं। बाप का अभाव माँ भला कैसे पूरा करेगी ?"

महिम ने पूछा, "और माँ के बिना बच्चों का क्या हाल होता होगा ?"

इस वक्त उम्मी की माँ को यह सवाल अच्छा नहीं लगा। कुछ नहीं बोली।

महिम ने उसके कंधे पर हाथ रखकर कहा, "देखो मामी, तुम्हारी राय मानकर मैं देहात लौट रहा हूँ। स्वास्थ्य सुधर जाएगा, यह प्रलोभन नहीं है मेरे मन में। तुम्हारे आदेश को मैं सभी प्रलोभनों से ऊपर रखता हूँ। डेढ़-दो महीने के अन्दर ही पटना आ जाऊँगा। यों तुम्हारी तबीयत ऊबे तो तीन लाइन का एक पोस्टकार्ड डाल देना, चट से हाज़िर हो जाऊँगा।"

उम्मी की माँ ने कहा, "पोस्टकार्ड नहीं पहुँचेगा, मैं ही पहुँचूँगी महिम ! तुम्हारी माँ और बहू की ऐसी छाप मेरे दिल पर पड़ी है कि ज़िन्दगी-भर के लिए मैं उनकी अपनी हो गई।"

"माँ भी तुम्हारी तारीफ करती है।"

"बहू नहीं करती है तारीफ ?"

"हाँ, वह भी तारीफ करती है।"

"इन्हें मेरे बारे में ज्यादा न बताना महिम !"

"नहीं बतलाऊँगा..."

"नूनू का तिलक चढ़ेगा जेठ में। उम्मी मेरे लिए शायद किसी को भेजे—"

"ज़रूर चली जाना !"

"देखा जाएगा..."

"नहीं, ऐसे शुभ अवसर पर तमाम रिश्तेदार इकट्ठे होंगे। लड़के की माँ का गैरहाज़िर रहना सभी को अखरेगा।"

"कोई आ ही जाएगा तो तुमसे पूछ लूँगी लिखकर।"

"इसमें पूछना क्या है !"

मामी गम्भीर हो गई। कंधे हिलाकर महिम ने कहा, "क्यों, चुप क्यों हो गईं ?"

मामी आहिस्ते से बोली, "उम्मी के सामने कौन-सा मुँह लेकर जाऊँगी ? वह कभी मुझे क्षमा नहीं करेगी महिम ! मैं बाबूजी (पति) से उतना नहीं डरती हूँ जितना इस छोकरी से...सुना है कि पिछले वर्ष बी.ए. पास किया है, अब तो मेरे प्रति घृणा और भी गहरी हो गई होगी..."

महिम ने आँखों में आँखें डालते हुए कहा, "कितना गलत सोचती हो मामी ! इस ज़माने की पढ़ी-लिखी लड़कियाँ ईर्ष्या और घृणा का सिरका नहीं तैयार करती हैं, उनका तुम्हारे युग की उस सड़ाँध से कोई वास्ता नहीं होता। उनके अन्दर छिछोरापन और थोथी भावुकता नहीं हुआ करती।...भूलों की सम्भावना के आतंक में वे मुर्दा होकर पड़ी नहीं रह जाती हैं, पिछली भूलों के पछतावे में सुलग-सुलगकर राख भी नहीं होती हैं। आगे बढ़ना जानती हैं तो मौके पर पैंतरे बदलकर पीछे हटने का गुर भी उन्हें मालूम है। तुम क्यों डरती हो उम्मी से ? पुरानी कमज़ोरियाँ तुम्हारा क्या बिगाड़ लेंगी ? हाँ, उनकी याद डायन बनकर अब भी तुम्हारी रगों का लहू चूसती रहेगी ! देखना, उम्मी तुम्हें यों नहीं छोड़ देगी वह ज़रूर ही तुम्हारी खोज में लगी होगी..."

मामी की आँखों से आँसू बहने लगे।

महिम ने कुर्ते की छोर से उन्हें पोंछा लेकिन वे रुके नहीं, बहते ही रहे। मामी ने महिम का हाथ परे कर दिया, उठकर दरवाज़े की ओर चली गई।

महिम ने सोचा, रोकर जी हल्का करेगी। कुछ देर बैठा रहा, फिर थकान मालूम हुई और बिस्तरे पर जाकर लेट गया।

मामी भी बाहर से लौट आई। महिम ने पूछा, "प्यास तो नहीं लगी है ?"

"आधा गिलास दे दो"–महिम से धीरे से कहा।

"क्या है बेटा ?"–उधर से माँ ने टोका, नींद टूट गई थी।

"प्यास लगी है माँ !"

"कै बजे हैं ?"

"एक।"

"आप भी पानी पिएँगी ?"–उम्मी की माँ ने महिम की माँ से पूछा।

"नहीं।"–वृद्ध स्वर खाँसता रहा।

"मामी, माँ से बातें करोगी या सोओगी अभी ?"–महिम बोला।

मामी ने कहा, "सोऊँगी।"

पन्द्रह

रंजना ने कहा, "अच्छा किया, आ गई। अब आठ-दस रोज़ बाद ही वापस जाना। बनारस तो पहली बार देखा है न ? यों तो हर शहर की अपनी एक खूबी हुआ करती है लेकिन इस काशी नगरी की एक नहीं अनेक विशेषताएँ हैं निर्मला ! बाबा विश्वनाथ और हिन्दू विश्वविद्यालय से लेकर सिल्क की साड़ियों और चादरों तक..."

"हाँ, मैं घूम-घूमकर देखूँगी," कम्पाउंडर की बीवी बोली, "आपको तो फुर्सत नहीं मिलेगी, भुवन को साथ कर लूँगी।"

भुवन को इस प्रस्ताव से खुशी तो हुई मगर अगले ही क्षण वह गम्भीर हो गई। मुद्रा में परिवर्तन देखकर रंजना ने पूछा, "क्यों, अब चेहरा क्यों उतर गया इन्दिरा ?"

"मैं सारा शहर कैसे दिखला सकूँगी भाभी ? खुद ही देखना बाकी है तो इसको क्या बतलाऊँगी ?"

"तुम्हारे भाई साहब होस्टल के किसी लड़के से कह देंगे, साथ रहेगा।"

निर्मला ने हँसकर कहा, "अब इन्दिरा ही कौन-सी लड़की रह

गई ! यह तो लड़कों के कान काटती है, सवेरे आज तैरने लगी तो गंगा में कितनी दूर निकल गई !"

"बैडमिंटन भी अच्छा खेलने लगी है"—रंजना कहने लगी, "पड़ोस में साइन्स कालेज के प्रोफेसर रहते हैं, कुलकर्णी। मिसेज कुलकर्णी अपने छोटे भाई के साथ एक तरफ होती हैं, प्रोफेसर और इन्दिरा दूसरी तरफ...कभी-कभी इन्दिरा और मिसेज़ कुलकर्णी का भाई ही आमने-सामने डट जाते हैं। वे तीनों इसकी तारीफ करते हैं।"

"स्वास्थ्य अच्छा हो गया है।"

"हाँ, वज़न आठ पौंड बढ़ा है।"

"गर्मी की छुट्टियाँ कहाँ गुज़ारोगी भाभी ?"

"हम तो कहीं नहीं जाएँगे। सदानन्द डेढ़ महीने के लिए कलकत्ता जाएँगे, नेशनल लाइब्रेरी में कुछ किताबें देखनी हैं। वह लौट आएँगे तब दो-तीन रोज़ के लिए मैं पटना जाऊँगी, मामा से मिलने।"

कम्पाउंडर की बीवी बच्चों की तरह खुशी के मारे तालियाँ पीटने लगी, कहा, "फिर तो इन्दिरा भी पटना पहुँच सकती है साथ-साथ !"

"नहीं, कोई ज़रूरत नहीं है," रंजना बोली, "इन्दिरा पटना क्या करने जाएगी ?"

कम्पाउंडर की बीवी ने याद दिलाया, "बुआ का खत गया में तुम्हें भी तो दिखलाया था ! मैं सोचती हूँ, इन्दिरा एक बार बुआ से मिल लेती..."

रंजना ने तमककर कहा, "क्या होगा उस औरत से मिलकर ?"

कम्पाउंडर की बीवी ने देखा, इन्दिरा नहीं है। बीच में ही उठकर चली गई थी। उधर बाहरवाले कमरे में राजीव और कुंतल के साथ खेल रही थी। कम्पाउंडर की बीवी आहिस्ते से बोली, "देखो भाभी, बुआ से मिलना इन्दिरा के लिए ज़रूरी नहीं है मगर इन्दिरा का मिलना बुआ के लिए ज़रूरी है। इन्दिरा जिस नरक से बाहर निकल आई है, बुआ अब तक उसी कुम्भीपाक में गोते खा रही है। वह इन्दिरा को सामने देखेगी तो अपने अन्दर दुगुना साहस महसूस करेगी भाभी, दलदल से बाहर निकलने का उसका संकल्प और भी

तीव्र हो उठेगा। अँधेरी रात में बीहड़ पाँतर से होकर कभी निकली हो भाभी ? अँधेरे में भटकता मुसाफिर यदि दूर कहीं ज्योति का आभास भी पा जाता है तो उसके पैरों में बिजली की फुर्ती आ जाती है।"

रंजना ने कहा, "हमने तय कर लिया है, इन्दिरा बी.ए. करके ही पूरब की तरफ किसी शहर में पैर रखेगी।"

"तुम्हारे साथ जाएगी और लौट भी आएगी साथ।"

धागे का छोर होंठों में दबाकर रंजना कम्पाउंडर की बीवी को देखती रही। वह मचलकर बोली, "हाँ कर दो न भाभी !"

रंजना बरामदे में तख्त पर बैठी थी। धुले कपड़ों का ढेर सामने था। राजीव के निकर में बटन टाँकती हुई कहने लगी, "दो रोज़ के लिए पटना हो आएगी मेरे साथ, इसमें तो कोई हर्ज नहीं किन्तु मैं नहीं चाहूँगी कि इन्दिरा उन जगहों में जाए या उन व्यक्तियों से मिले जिनकी स्मृतियाँ पल-भर के लिए भी उसके दिल को दुखाएँ...झुलसे हुए पौधे को ताज़ा पानी पिला-पिलाकर तुमने हरा कर लिया, दो दिन अब उस पर गरम पानी छिड़कोगी निर्मला ?"

निर्मला यानी कम्पाउंडर की बीवी चुप रही। हाथों में कुंतल का फ्राक लिए हुए थी, पीली अरगंडी पर लाल और काले छींटें अच्छे लग रहे थे। उलट-पलटकर दो-तीन बार देख लिया, उसे रखकर फिर दूसरा फ्राक उठाया। गुलाबी ग्राउंड और हरे-हरे पत्ते खूब खिल रहे थे।

"भाभी कौन-से पात हैं ?" निर्मला ने पूछा, "छितवन के ?"

"अखरोट के पत्ते हैं।" रंजना बोली।

कुर्त्ते के लिए दो सफेद बटन खोजने लगी, नहीं मिले तो डिब्बी ही उलट ली...छोटी-बड़ी बटनें, पुराने ब्लेड, सेफ्टीपिन की नई किस्में, सुइयाँ, पेंसिल के टुकड़े...नुमायश लग गई।

निर्मला ने छोटी सेफ्टीपिन उठा ली, बोली, "ले लूँ ?"

"वाह ! पूछकर ?" रंजना हँसने लगी।

निर्मला सोचती रही : मैं भी तो पढ़-लिख सकती थी। मैं भी तो भाभी की तरह लड़कियों के किसी इंटर कालेज में प्रोफेसर हो सकती थी और...

बोली, "माँ दो रोज़ से ज्यादा नहीं रुकेंगी, वहीं से रट लगाए

हुए थीं कि ग्रहण नहाकर अगले दिन लौटेंगी। भइया भी जल्दी वापस जाना चाहते हैं।"

"कल और परसों तो अवश्य रुक जाओ !"

"परसों क्यों ?"

"हमारी उस दिन पूरी छुट्टी है, खूब बातें करेंगे।"

"हाँ भाभी, शादी में दो दिन के लिए तुम गईं भी तो भीड़-भाड़ में हम आधा घंटा के लिए भी इत्मीनान से बैठ नहीं सके !"

"मैं तो थी फुर्सत में, तुम पर बोझा था।"

"अब यहाँ होंगी बातें।"

"लेकिन तुम तो भागी जा रही हो निर्मला !"

निर्मला ने हँसकर कहा, "मैं कहाँ, माँ भाग रही हैं। भारी जिद्दी हैं...।"

रंजना ने नज़र मारकर कमरे की ओर संकेत किया।

कमरे के अन्दर निर्मला की माँ सो रही थीं।

हथेली के इशारे से उसने निर्मला को और पास बुला लिया। धीमी आवाज़ में पूछा, "इन्दिरा की पीठ पर निशान कैसे हैं ?"

"बेंत की पिटाई के निशान हैं भाभी," निर्मला कहने लगी, "एक गुंडे की करतूत थी यह। छै महीने इन्दिरा को भिखमंगों की टोली में रहना पड़ा, वहाँ से धनबाद के गुंडे इसको उचक लाए थे। गुंडों ने चार-पाँच महीने इन्दिरा को बेहद परेशान किया...फजीहत, पिटाई, बलात्कार, तनहाई, भूखों तड़पाना...क्या नहीं किया उन्होंने ? आखिर उन्हीं में से एक का दिल पिघला तो इन्दिरा उस नरक से छुटकारा पा सकी। हजारीबाग में उस गुंडे की प्रेमिका रहती थी, इन्दिरा को उसने छिपाकर वहीं रख दिया..."

"फिर क्या हुआ ?" रंजना ने सुई-डोरा सहेजा, आगे की बात जानना चाहती थी।

निर्मला बोली, "गुंडे की प्रेमिका ने इन्दिरा को बड़े जतन से दो-तीन महीने रखा। वह इसको बहुत प्यार करती थी। एक बड़े डाक्टर के परिवार में काम करनेवाली आया से उसका अच्छा परिचय था, इन्दिरा को डाक्टर की बीवी तक पहुँचने में ज़रा भी दिक्कत नहीं हुई। वह गुंडा और उसकी प्रेमिका, दोनों इस लड़की का भला चाहते थे..."

"प्यार और सहानुभूति कब किसके हृदय में छलकने लगेंगे, कहा नहीं जा सकता !" रंजना ने कहा, "तुम्हीं क्या कम शैतान हो ? और, तुम्हारे अन्दर इन्दिरा के लिए कैसी करुणा छलकी थी !"

अपनी प्रशंसा अपने ही कानों के अन्दर आई तो कम्पाउंडर की बीवी का मुखमंडल चमकने लगा, कहने लगी, "भाभी, मैंने क्या किया ? कुछ नहीं किया मैंने ! वह तो भगवान की मर्जी से हुआ सबकुछ। मैं क्या जानती थी कि अगले क्षण क्या से क्या हो जाएगा ? मैं तो हाथ धोने निकली थी, बाथरूम में इन्दिरा दिखाई पड़ी और उसने बतलाया : दीदी, आज मेरा गला कटेगा। मैं तो हक्का-बक्का रह गई सुनकर, पल-दो पल कुछ सूझा ही नहीं भाभी ! मगर फौरन दिमाग में यह बात आ गई कि इन्दिरा को गायब कर दो...और मैंने इसे मकान-मालिक के गुदाम में छिपा दिया !"

रंजना बोली, "इतना तो इन्दिरा ने भी बतलाया था। हाँ, तुम अब हजारीबाग की बात कहो...।"

"बतला ही तो रही थी," निर्मला ने कहा, "डाक्टर बंगाली था, चटर्जी या भटर्जी...!"

"भटर्जी नहीं, भट्टाचार्य !"

"हाँ, भट्टाचार्य ही था। लेकिन वे बड़े ही अच्छे लोग थे। इन्दिरा जब तक उनके बीच रही, खूब आराम से रही। बदली हुई तो डाक्टर साहब आ गए। इन्दिरा भी परिवार के साथ आ गई।"

"गया के बाद ?"

"शर्माजी। डाक्टर का खानदान मुजफ्फरपुर का है। कई पीढ़ियों से वे वहाँ जमे हुए हैं। डाक्टर के पिता नामी वकील थे, उनसे शर्माजी की अच्छी जान-पहचान थी। डाक्टर से भी जब-तब मिलते ही रहते थे। दो वर्ष के लिए डाक्टर विलायत जाने लगे, बीवी ने अपनी माँ के पास बर्दवान जाने का निश्चय किया। इन्दिरा को शर्माजी पटना ले आए कि बेटी-भतीजी बनाकर रखेंगे और शादी करवा देंगे।"

"डाक्टर इन्दिरा को नर्स की भी ट्रेनिंग दिलवा सकता था ?"

"विलायत नहीं गया होता तो इसके लिए कोई न कोई रास्ता वह ज़रूर निकालता भाभी।"

अब मेज़ पर नाश्ता आनेवाला था, चाय आनेवाली थी।

निर्मला, उसकी माँ, इन्दिरा और बच्चे सैर के लिए निकलनेवाले थे। सदानन्द और रंजना को किसी गोष्ठी में जाना था, एक उपन्यासकार के सम्मान में पचीस-पचास साहित्य-रसिक जुटनेवाले थे।

सोलह

पिछले दो महीने के अन्दर चम्पा ने कई काम किए : आश्रम के टाइपराइटर पर प्रतिदिन घंटा-डेढ़ घंटा अभ्यास किया और हिन्दी में टाइप करना सीख लिया। मुंशी मनबोधलाल को समझा-बुझाकर उसने छोटा-सा कमरा सस्ते भाड़े में ठीक किया। बाहर एक तख़्ती वहीं सड़क की ओर लटका दी—'गृह शिल्प कुटीर'। ड्राइवर सुमंगल को बुलवाया, नेपालिन का उससे परिचय करवा दिया, दोनों के सामने शादी का प्रस्ताव रखा। लेन-देन का कोई सवाल ही नहीं था, पसन्द की बात थी। दोनों अकेलेपन से ऊबे थे और घर-गिरस्ती बसाकर साधारण सुख का जीवन बिताने की लालसा रखते थे। चम्पा का आदेश वरदान ही था दोनों के लिए। तय हो गया कि अगले महीने शादी हो जाएगी।

साढ़े-पाँच हज़ार की रकम चम्पा के नाम से सेविंग बैंक में जमा थी। चार हज़ार रुपए निकालकर उसने शर्माजी वाले खाते में डाल दिए। इसकी सूचना जब चम्पा ने शर्मा को दी तो वह रंज हो गया।

ब्लडप्रेसर का दौरा आता था। गुस्सा चढ़ने पर आँखें लाल हो जाती थीं, लगता था कि आँसू छलकने ही वाले हैं। होंठ फड़क रहे थे।

बोला, "पागल हो गई हो चम्पा ! इससे तो बेहतर था, तुम मुझे चार जूते लगातीं..."

चम्पा कुछ नहीं बोली, बेल का शर्बत तैयार कर रही थी।

उसकी चुप्पी ने शर्माजी के क्रोध को और भड़का दिया, चिल्लाने लगे, "तुम मुझे कहीं का न रखोगी ! तुम मुझे बे-आबरू कर दोगी ! मेरी नाक में कौड़ी किसी ने नहीं बाँधी थी, यह श्रेय भी तुम्हीं को हासिल होगा चम्पा !"

शीशे के गिलास में शर्बत भरके अलग एक ओर रख लिया चम्पा ने। उसने सोचा, अभी दूँगी तो गिलास पटक देंगे। गुस्सा ठंडा होगा, तब दूँगी।

लेकिन शर्माजी का प्रकोप तोड़-फोड़ के लिए बेचैन था। वह उठे, इधर से शर्बत-भरा गिलास लिया और कमरे से बाहर जाकर मोरी में उँडेल दिया। अन्दर आकर गिलास को चम्पा की ओर फेंका तो वह झनझनाकर चूर-चूर हो गया।

काँच का एक पतला टुकड़ा उचटकर चम्पा के माथे में लगा, दूसरा टुकड़ा दाहिनी केहुनी में...

सिर का लहू बहकर नाक पर आने लगा।

अब भी कुछ नहीं बोली।

टिंचर का फाहा लेकर् आईने के सामने खड़ी हुई।

शर्माजी चुपचाप बरामदे में कुर्सी पर बैठे रहे।

नेपालिन कहीं गई थी, वापस लौटी। चम्पा के सामने, आईने के नीचे लहू की बड़ी-बड़ी बूँदें देखकर वह घबड़ाई।

"क्या हुआ बुआ ?"

"कुछ तो नहीं।"

"कहाँ चोट लगी है ?"

"कहीं नहीं..."

होंठ से उँगली छुआकर चम्पा ने इशारे में बतलाया कि बाहर शर्माजी बैठे हैं, पीछे बतलाएगी।

दस मिनट बाद शर्माजी सचमुच ही बाहर निकले।

खून तो टिंचर के फाहे से बन्द हो ही गया, चम्पा की तबीयत लेकिन काबू में रही।

दूसरे दिन शाम को चम्पा रायसाहब से मिलने दानापुर गई। रायसाहब आर्यसमाजी संस्कारों के धर्मभीरु सज्जन थे। संस्थाओं को उदारतापूर्वक दान देते रहते थे। परिवार के कई स्त्री-पुरुष शिक्षित थे। संपत्ति तो थी ही, अब आधुनिकता भी प्रवेश कर रही थी।

चम्पा पहले उनकी बेटियों और बहुओं से मिली। उनमें दो तो कन्या- गुरुकुल (देहरादून) की छात्राएँ रह चुकी थीं। उन्होंने चम्पा से खुलकर बातें कीं और सहायता का आश्वासन दिया।

रायसाहब ध्यान से चम्पा की बातें सुनते रहे। अन्त में कहा, "तो मुझसे क्या चाहती हो बेटी ? मैं तो अब बूढ़ा हुआ। मेरे नाम पर कौन कहाँ क्या करता है, मुझे बिलकुल पता नहीं चलता। और, पता चल भी जाए तो क्या ? कौन मेरी सुनता है ! मैं तो जीवन-भर इसी सूत्र को मानकर चला हूँ कि आप भला तो जग भला..."

"आप आश्रमवालों को फटकार तो सकते हैं चाचाजी !" चम्पा बोली।

रायसाहब ने गम्भीर होकर कहा, "मेरी फटकार वे चुपचाप पी जाते हैं और समय-समय पर माफी माँग लेते हैं किन्तु करेंगे वही जो उनका स्वार्थ कहेगा। मैं तो वर्ष में दो ही एक बार उनके साथ बैठने जाता हूँ..."

"और यही चाहते हैं आश्रमवाले"—चम्पा ने कहा।

रायसाहब का स्वर धीमा हो गया, "गत वर्ष मैं अध्यक्षता स्वीकार नहीं कर रहा था तो शर्माजी और महाशय मन्नूलालजी यहाँ आकर रोए, गीली आँखें मुझसे देखी नहीं गईं बेटी !"

"हाँ, चाचाजी, इसी तरह रो-रोकर स्वार्थी और चालाक आदमी नेहरू से भी अपने कई काम करवा लेते होंगे न ?"

"करवाते हैं। नेहरू ही नहीं, देश के पचासों बड़े नेता धूर्तों की विनय- पत्रिका के शिकार हैं। बिना कड़ाई के, बिना दृढ़ता के नियमों का पालन हो ही नहीं सकता चम्पा ! इस आश्रम की इतनी अधिक पोल तुम्हें मालूम हैं कि भारी पोथा हो जाएगा अगर

लिखवाओ ! यह सब कहीं अखबारों में छपने लगे तो उनकी बिक्री बढ़ जाए।"

"चाचाजी, आप अपने को हटा लीजिए इस आश्रम से।"

रायसाहब कुछ सोचकर बोले, "अभी पाँच की कमेटी है, इसे सात की कमेटी बनाकर उसमें चार महिलाओं को लाना चाहिए। एक तो तुम हीं रहोगी, रहोगी न ?"

चम्पा फैली हथेलियों को देखती रही। नाखून एक-दूसरे को खरोंच रहे थे। संजीदगी में डूबकर कहने लगी, "इस 'आश्रम' शब्द से मैं बहुत घबराती हूँ। रही होगी इसके पीछे कभी कोई अच्छी भावना, अब तो ये आश्रम अनैतिकता के अड्डे हैं—स्वार्थियों के अखाड़े ! हमारी जैसी मूक असहाय बकरियों की ही नहीं, आप जैसे आदर्शवादी धर्मभीरु बैलों की भी बलि इन आश्रमों के अन्दर चढ़ती आई है। अब वक्त आ गया है कि इन आश्रमों के ढाँचे हम बदल डालें..."

घंटी बजाने पर आदमी आया तो रायसाहब ने उसे चाय के लिए कहा। चम्पा के चेहरे की ओर गौर से देखकर बोले, "तुम्हें भूख भी तो लगी होगी बेटा ?"

"नहीं"—सिर हिलाकर चम्पा ने कहा, "अन्दर अभी-अभी तो उन्होंने नाश्ता करवाया है।..."

कुछ रुककर वह बोली, "मैं तो यों भी आपका साथ दूँगी लेकिन आपको भी कुछ कष्ट उठाना होगा। संस्था का नाम बदल जाएगा, अधिकारी बदल जाएँगे, ढाँचा बदल जाएगा। अब वह आश्रयहीन महिलाओं का सहयोगी श्रमकेंद्र हो सकता है।"

"बिलकुल ठीक"—रायसाहब ने कहा।

"और मैं अपने लिए आपसे कुछ सहायता चाहती हूँ।"

"कहो !"

"किस्त पर एक टाइपराइटर दिलवा दीजिए, सिलाई-मशीन तो मेरी अपनी है ही..."

"क्यों, अब शर्मा के साथ नहीं रहोगी ?"

"नहीं। फिर भी तो मैं उनसे मिलती रहूँगी। कई बातों में मेरी और शर्माजी की राय नहीं मिलती है। किन्तु इस जीवन में उन्हें भूल नहीं सकती मैं—जब मैं टूट चुकी थी और आत्महत्या के अलावा

और कोई रास्ता सूझ नहीं रहा था, उस समय शर्माजी ने ही मेरी बाँह पकड़ी थी।"

चाय आ चुकी थी।

कप में होंठ लगाकर रायसाहब ने चुस्की ली। चम्पा से भी पलक के इशारे से चाय पीने के लिए कहा। क्षण-भर बाद बोले, "चीनी और मँगवा लो, मैं डाइबिटीज़ का गुलाम हूँ।"

"ठीक है, अब और नहीं चाहिए चीनी !"

"तो, टाइपराइटर हिन्दीवाली होगी ?"

"जी, अंग्रेज़ी तो नहीं जानती हूँ न !"

"पढ़ाने का काम करोगी ?"

"मैट्रिक भी तो होती..."

"खैर, कोई बात नहीं।"

"मैं कोशिश करूँगी कि अगले वर्षों में मैट्रिक की तैयारी करूँ !"

"सब कर सकती हो तुम, बहादुर लड़की हो !"

"आपकी आशीष बनी रहे चाचाजी..."

"कहाँ रहोगी, जगह ठीक कर ली है ?"

चम्पा ने अपने रहने की व्यवस्था के बारे में संक्षेप में बतला दिया। मुंशी मनबोधलाल और दिवाकर शास्त्री के नाम बतलाए। शास्त्री को रायसाहब जानते थे, कई बार साहित्यिक समारोहों के लिए चंदा ले गए थे।

चाय खत्म करके चम्पा उठने ही वाली थी। रायसाहब का भी कप खाली हो चुका था !

वह बोले, "दस मिनट और बैठो।"

चम्पा ने कहा, "देर हो जाएगी।"

"हमारी गाड़ी है, छोड़ आएगी...इन आश्रमों पर तुम्हारा गुस्सा वाजिब है चम्पा ! मैं सब जानता हूँ बेटी ! जिस तरह कांग्रेस बुढ़िया हो गई है, उसी तरह देश की और भी बहुत सारी संस्थाएँ पुरानी पड़ गई हैं...सेवा-समिति, विधवाश्रम, अनाथाश्रम, महिलाश्रम, हितकारिणी सभा...इस तरह के सैकड़ों साइनबोर्ड फीके पड़ चुके हैं। इनमें से दो-एक संस्थाएँ कहीं ज़िन्दा हैं भी तो गुटबाज लोग गीधों की तरह उन्हें नोच-नोचकर खा रहे हैं।"

फिर आवाज़ धीमी करके झुकते हुए कहा, "हमारा आर्य-समाज, देव-समाज, बंगालियों का ब्रह्म-समाज, बंबईवालों का प्रार्थना-समाज...ये संगठन भी कमज़ोर हो गए हैं। अब तो राजनीति के मैदान में भी नई पार्टियाँ ज्यादा चमक रही हैं। अपनी सत्तर साल की उम्र है बेटी, इस उम्र तक आते-आते साइन्स का प्रोफेसर भी अगली पीढ़ी का विरोध करने लगता है। सत्तर-पछत्तर वर्ष का चीफ मिनिस्टर अठारह-बीस की उम्र के छोकरों पर गोलियाँ चल चुकने के बाद कहता है : हुल्लड़बाजों को सबक सिखाया, ठीक किया।"

तश्तरी में अलग-अलग कटोरियों के अन्दर इलायची, सौंफ और सुपारी, धनिया के दाने रखे थे। चम्पा ने सौंफ और सुपारी लेकर मुँह के हवाले किया। बोली, "चाचाजी, अपने बिहार में औरतों की स्थिति पिछड़ी हुई है, क्या कारण है इसका ?"

रायसाहब ने कहा, "बिहार में ही क्यों, हिन्दी बोलनेवाले बाकी जो चार प्रदेश हैं, वहाँ भी स्त्रियों का यही हाल है !—बंगाल, महाराष्ट्र, आंध्र, केरल, मद्रास, मैसूर, पंजाब, गुजरात—इन प्रदेशों में स्त्रियों का सामाजिक दर्जा कहीं ऊँचा है। पिछले दो सौ वर्षों में समाज का सुधार करनेवाले ऐसे महापुरुष हिन्दी भाषावाले प्रदेशों में दो ही चार हुए जिनका संपर्क बाहर के देशों से रहा हो। कालेजों से पढ़-लिखकर लड़कियाँ निकलती हैं और पुराने समाज के जंगल में खो जाती हैं। हर विवाहित पुरुष के लिए पत्नी को साथ रखना अनिवार्य होना चाहिए, काम-काज के साथ ही फेमिली क्वार्टर की भी व्यवस्था होती, सहायक धंधे के तौर पर परिवार की प्रत्येक महिला के लिए कोई न कोई काम मिलता तो कितना अच्छा था। पति की मृत्यु के बाद युवती का ब्याह फिर से करवा देना समाज के चौधरियों का काम है। शिक्षा, चिकित्सा आदि कई विभाग हैं, जिनमें स्त्रियाँ अपनी योग्यता के प्रमाण पेश कर चुकी हैं। शासन और निर्माण के कुछ ही क्षेत्र होंगे जिनमें स्त्रियाँ काम नहीं कर सकतीं। दरअसल हम ही उन्हें रोके हुए हैं।"

चम्पा कहने लगी, "देहात में या शहर में मजदूर लोग अपनी औरतों को बहुत आज़ादी देते हैं। गिरस्ती की गाड़ी को मर्द-औरत उस वर्ग में बराबर-बराबर खींचते हैं। वह हल चलाता है तो यह ढेला फोड़ती है। वह दीवार जोड़ता है, तो यह ईंटें ढोती है। आश्रम के

मेहतर का कहीं पैर कट गया, दो महीने काम पर नहीं आया। मैंने मेहतरनी से पूछा, कैसे चलाती हो ? झाड़ू दिखलाकर ठसक-भरी आवाज़ में बोली—यही मर्द है मेरा, अपने बच्चों को मैं इसी की कमाई खिलाती हूँ बहिनजी ! वो साल-भर भी बिस्तर पकड़े रहेगा तो भी हाय-हाय नहीं मचाऊँगी...”

रायसाहब ने उल्लसित होकर कहा, “बस, बस, यही आत्मविश्वास मैं स्त्रियों में देखना चाहता हूँ चम्पा ! हम बड़ी जातवालों ने महिलाओं को पंगु बना रखा है, जीवन का सारा रस निचोड़कर सिट्टी बनाकर छोड़ दिया है...अपवाद हो सकते हैं लेकिन वह तो दूसरी बात हुई न ? कालेज से निकलते ही लड़कियाँ बहू बन जाएँ और लेटी-बैठी सारा-सारा दिन उपन्यास पढ़ती रहें, रेडियो सुनती रहें, तो वह आत्मविश्वास कहाँ से आएगा ? श्रम, प्रज्ञा, सहयोग, विवेक और सुरुचि—सभी आवश्यक हैं चम्पा ! जीवन में इन पाँचों का समन्वय करना होगा। पुरुषों की ही बपौती नहीं है, स्त्रियों का भी साझा है इनमें।”

चम्पा बोली, “पहले तो खैर स्त्रियों को इतनी भी आज़ादी नहीं थी, रामायण-महाभारत और उपनिषदों की बात नहीं लेती हूँ। आगे उद्योग-धंधे बढ़ेंगे, खोती-बाड़ी बढ़ेगी, जहालत और गरीबी हटेगी, साधारण जनता का जीवन सुखमय होगा...तब स्त्रियाँ भी इस दुर्दशा से छुटकारा पाएँगी, नहीं चाचा ?”

“अवश्य पाएँगी छुटकारा,” रायसाहब ने जम्हाई लेकर कहा, “बल्कि यों कहो कि आज भी स्त्रियों को साथ लिए बिना हम आगे नहीं बढ़ेंगे। धूर्तों ने ‘त्याग की देवी’ और ‘प्राणेश्वरी’ आदि कहकर स्त्रियों की भावुकता को अपनी स्वार्थ-सिद्धि के लिए हमेशा उकसाया है। अब यह सब नहीं चलेगा चम्पा।”

“दोष स्त्रियों का भी तो है !”

“स्त्रियों का नहीं, उनकी मूर्खता का...”

चम्पा हँसने लगी। रायसाहब ने आँखें नचाकर कहा, “हँसती हो ? मैं बिलकुल ठीक कहता हूँ चम्पा, तुम चाहे जितना हँसो ! मैं बहुत घूमा-फिरा हूँ, सभी प्रांतों के स्त्री-पुरुष देखे हैं। उनके बीच रहने का अवसर मिला है बार-बार। बातें की हैं, सुख-दुख में उनके मूड मालूम किए हैं। और, इसीलिए अपने यहाँ की त्रुटियाँ अधिक

अखरती हैं चम्पा !"

उसने माथा हिलाकर हामी भरी। क्षण-भर बाद संकोच के स्वर में बोली, "अभी मैं जाऊँगी।"

रायसाहब ने घंटी बजाकर नौकर को बुलाया। उससे कहा, "ड्राइवर से कहो कि गाड़ी निकाले, चम्पा को बाँकीपुर छोड़ आना है।"

दोनों हाथ जोड़कर चम्पा ने कहा, "नमस्ते !"

"नमस्ते !"—रायसाहब ने कहा, "टाइपराइटर अगले सप्ताह तक तुम्हें मिल जाएगा !"

सत्रह

निर्मला साढ़े-तीन महीने बाद लौट आई तो मुंशी मनबोधलाल को बड़ा ही अच्छा लगा। पहले कहा करते थे, कम्पाउंडर की बीवी के बिना हमारा मकान सूना पड़ गया है। निर्मला के कहकहे, उसकी मीठी खिलखिलाहट, बातचीत की आवाज़ मुंशीजी के कानों को बड़े प्रिय थे। कई बार वह कम्पाउंडर से कह चुके थे : आपकी घरवाली बड़ी गुनमंत है, जुबान से इमरित टपकता है...

बाबू मुँगेरीलाल को अपनी औरत का गुणगान पसन्द नहीं था, यह सोचना गलत होगा। लेकिन गोद जो सूनी थी। आठ-दस वर्ष की दुनियादारी के बाद भी गृहलक्ष्मी की कोख परिवार का मनोरथ पूरा न कर सके तो ? वंश-बेल की गाँठ में टूसे न दिखलाई पड़ें, कलियों के गुच्छे न फूट निकलें तो ?...बस, एक यही बात थी जो निर्मला के बारे में कम्पाउंडर को खटकती थी।

दिवाकर शास्त्री इस दृष्टि से भाग्यवान थे। चार-पाँच महीने बाद प्रतिभामा वापस आई तो चेहरे का रंग बदला हुआ था।

पड़ोसवाली ने मुस्कुराकर पूछा, "कै महीने हुए हैं ?" जवाब में

बाएँ हाथ की तीन उँगलियाँ उठीं।

निर्मला वहीं थी। सोचा—भगवान की लीला अद्भुत है ! कहीं ढेर का ढेर, कहीं अंधेर का अंधेर !

पड़ोसवाली अब इसके चेहरे की ओर देखने लगी।

निर्मला को लगा कि दुनिया की पैनी नज़र भाले की नोंक बनकर उसकी कोख के अन्दर धँसी चली जा रही है...

प्रतिभामा की गोद में सत्रह महीने की हेम थी। लालच-भरी निगाहों से बच्ची ने माँ की छाती को देखा और एक नन्हीं हथेली ब्लाउज़ के अन्दर होती हुई स्तन तक पहुँच गई।

"शैतान की नानी !"—प्रतिभामा ने बच्ची को गोद से ठेलकर नीचे कर दिया और खीझकर बोली, "कंस की बेटी, दिन-रात मुझे चबाने के फेर में रहती है।...अप्पी, ओ अप्पी, कहाँ मर गई ?"

"आई अम्मा !"—अपर्णा की आवाज़ निचले तल्ले से आई।

"ले जा इसको, अकेले क्या खेलती है !"

"आ तो रही हूँ !"

छे साल की अपर्णा आकर हेम को जैसे-तैसे उठा ले गई।

अब प्रतिभामा ने एक बार कम्पाउंडर की बीवी को देखा और फिर पड़ोसवाली को। बोली, "इस बेचारी का क्या कसूर है बहिना, मर्द ही ध्यान नहीं देता है।"

होंठ सिकोड़कर पड़ोसवाली ने माथा हिलाया, कहने लगी, "अकेले मर्द ही क्या कर लेगा ? औरत को भी तो हाथ-पैर दे रखे हैं रामजी ने ! मगर, अकिल न हो तो हाथ-पैर चलाकर भी कुछ नहीं होगा बहन ! पुनपुन नदी के किनारे यहाँ से छै-सात कोस पर सन्तों की जमात टिकी हुई है। सोमवार को वहाँ भारी भीड़ जुटती है। मंत्र पढ़के भभूत चटा देते हैं और काम बन जाता है। चलना हो तो चले, मैं साथ ही जाऊँगी..."

निर्मला ने गरम होकर कहा, "ऐसी जगहों में कौन-से मंत्र पढ़े जाते हैं और कैसी भभूत चटाई जाती है, मुझे मालूम है, विभाकर की माँ। कभी सन्तान के लिए यही सब करना होगा तो मैं टेढ़े-मेढ़े रास्तों पर नहीं चलूँगी, सीधी सड़क पकड़ूँगी। आप मेरा मतलब समझ गई होंगी। इस तरह की बातें सुनना मुझे पसन्द नहीं है..."

"लो, तुम तो बुरा मान गईं !"...पड़ोसवाली नरम होकर बोली।

प्रतिभामा ने कहा, "बहिना, तुम्हारा दिल साफ है ! जो बात गले तक आ जाती है, कह डालती हो ! तुम्हें मालूम नहीं था न ? निर्मला ने बड़ी बहन के लड़के को गोद ले रखा है, पाँच वर्ष का हो जाएगा तब साथ रहने लगेगा। कौन अपना और कौन पराया, मन मान ले तो तुम किसी की भी माँ बन सकती हो ! किस्मत खोटी हुई तो अपनी कोख का लड़का ही तुम्हारी झुकी कमर पर चार लात जमा देगा ?—लेकिन, मुझे ले चलो उन सन्तों के पास ! देखती नहीं हो, किस तरह तंग आ गई हूँ बच्चों से ? मैं कोई ऐसी भभूत चाटना चाहती हूँ जिससे अब आगे बाल-बच्चे पैदा न हों, जो हैं वे स्वस्थ-प्रसन्न रहें और बड़े होकर हमारी खोज-खबर लेते रहें। बहिना, बतलाओ, कब मुझे ले चलोगी ?"

पड़ोसवाली गर्दन के पीछे बाल खुजलाने लगी और निर्मला मुस्कुराती हुई उठ गई।

उम्मी पिछले सप्ताह आई, समझा-बुझाकर माँ को ले गई। वही दो कमरे खाली हुए तो उनमें से एक बुआ को मिल गया था। तिलकधारीदास वाला सड़क की तरफ का बाहरी रूम भी खाली हुआ था। किताब की दूकान के लिए दासजी को 'अशोक पथ' पर इधर एक बड़ी अच्छी जगह मिली थी। बुआ ने 'शिल्प कुटीर' के लिए बीस रुपए भाड़े पर वह खोली भी ले ली।

टिन के छज्जे से नया साइनबोर्ड टँग गया : शिल्प कुटीर। पाँच अक्षर दुरंगे और मोटे थे। नीचे पतली लिपि में लिखा था—"अचार, मुरब्बे, पापड़, बड़ियाँ। बेल-बूटे, झालर, रूमाल, मेज़पोश, मोजे, स्वेटर।" एक और पंक्ति थी—'हिन्दी में टाइप करवाइए : स्त्रियों और बच्चों के कपड़े सिलवाइए।'

बुआ अब वह बीमार और मरियल औरत नहीं थी, जिसे निर्मला ने कई महीनों तक देखा था। पीछे भुवन के प्रति हमदर्दी पैदा होने के बाद, मन ही मन उसने इसी बुआ को बार-बार कोसा था।

निर्मला को अब बुआ के पास बैठना अच्छा लगता था। कम्पाउंडर ड्यूटी के लिए निकल जाता तो दुपहर के बाद दो-तीन घंटे वह दूकान के अन्दर आकर स्टूल पर जम जाती। मदद के लिए एक नेपाली नौजवान को रख लिया गया। सामने काउंटर नहीं, मेज़ थी छोटी-सी। दोनों ओर दो शो-केश निहायत मामूली ढंग के। पीछे

चार रैक, मझोले आकार के। ठेठ काठ की दो कुर्सियाँ। सामग्री अभी शुरू-शुरू में ही कम थी। नेपाली को दूकान का काम समझा दिया था। खुद टाइपराइटर खटखटाया करती थी। दिवाकर शास्त्री ने अपने निबन्धों का संकलन दे रखा था। एडवांस के पचीस रुपए पाकर चम्पा का उत्साह बढ़ गया था।

कई दिनों से चम्पा की इच्छा हो रही थी कि भुवन के बारे में मालूम करे। आज उसने पूछ ही दिया, "भुवन की चिट्ठी नहीं आई है ?"

"नहीं बुआ," कम्पाउंडर के बीवी ने सहज स्वर में कहा। मन-ही-मन बोली : अब कोई हर्ज़ नहीं, भुवन के बारे में थोड़ा कुछ बतला देना चाहिए।

"गया में मिली होगी चिट्ठी।"

"मुलाकात हुई थी बुआ !"

"कब ?"

"पिछले महीने बनारस गए थे हम..."

"भुवन बनारस है ?"

"सुनो भी तो बुआ..."

निर्मला ने संक्षेप में बनारस का समाचार दिया।

चम्पा टाइपराइटर छोड़कर उठी, निर्मला की पीठ के पीछे खड़ी हो गई। दोनों हाथ उसके कंधों पर रखकर झुकी, कान के पास मुँह करके कहा, "सच बतलाओ निर्मला, तुम उससे मिली थीं ? मेरा पत्र पढ़ा था भुवन ने ? क्या कहती थी मेरे बारे में ?"

"कुछ नहीं बुआ, तुम्हारे बारे में उसने कुछ नहीं कहा," निर्मला बोली, "चिट्ठी तुम्हारीवाली भुवन ने दो बार पढ़ी और भाभी को थमा दिया।"

"भाभी ने पत्र पढ़ा होगा ?"

"पढ़ा और अन्दर जाकर दराज़ में रख आईं।"

"भुवन मुझे दो पाँती का एक पोस्टकार्ड भी नहीं भेजेगी ? आते वक्त तुमने कहा होता तो ज़रूर मेरे लिए वह कुछ लिखके तुम्हें देती निर्मला !"

"मैंने कहा था बुआ, भुवन चुप लगा गई।"

चम्पा के दिल ने कहा—भाभी ने मना कर दिया होगा।

भाभी ने मना कर दिया–निर्मला अन्दर-ही-अन्दर बोली।

उन्होंने एक-दूसरे के चेहरे की ओर देखा।

चम्पा के हाथ निर्मला के कंधे छोड़कर नीचे लटक गए थे। रुख सड़क की ओर हो गया था।

तीन बज रहे थे। बाहर अब भी कड़ी धूप थी। चार तख्तोंवाली दो किवाड़ियों में से एक ही तख्ती खुली थी, प्रकाश और हवा के लिए उतना ही काफी था।

नेपाली नहीं था, एक ग्राहक आ गया–आधा सेर पापड़ चाहिए, मूँग का !

चम्पा ने पापड़ की गड्डी निकालकर उसे थमाई और पैसे लिए।

ग्राहक चला गया तो बोली, "निर्मला, मुझे भुवन का पता दोगी ?"

निर्मला उठकर मेज़ के पास आ गई। कहा, "पता क्यों नहीं दूँगी बुआ ?"

अचार के दो छोटे-छोटे मर्तबान थे, पीछे रैक पर। कपड़े से उन्हें पोंछती हुई चम्पा आहिस्ते से बोली, "ना, रहने दो निर्मला, पता लेकर क्या करूँगी ? हाँ, तुम कभी बनारस लिखो तो मुझसे कहना। एक बार मैं भुवन को और लिखूँगी, बस एक बार और..."

निर्मला फिर पीछे गई। सामने होकर चम्पा को देखने लगी। चेहरे पर ग्लानि की छाया तैर रही थी। होंठ भिंचे हुए थे। पलकें गीली थीं, पपोटों में स्पंदन था। घुटती साँसों की विषम गति में नथुने फूलकर फड़क रहे थे।

चम्पा के कंधे पर हाथ रखकर मुलायम आवाज़ में उसने कहा, "क्यों बुआ, एक ही बार क्यों लिखोगी तुम भुवन को ? उस गरीब के और कौन है, हमीं लोग तो हैं..."

छलकती आँखों से चम्पा बोली, "मैं कौन हूँ उसकी ! उसे खाई की ओर लुढ़काने की तैयारियाँ चल रही थीं और मेरा कलेजा तनिक भी धड़क नहीं रहा था ! क्या कसर थी भुवन का गला कटने में ? निर्मला, तुम न होतीं तो..."

चम्पा सुबकने लगी, आगे एक भी शब्द नहीं निकला उसकी जुबान से। वह स्टूल पर बैठ गई और आँसू बहाती रही।

निर्मला की भी आँत फटने लगी। उसने मुश्किल से रोका। आँचल के छोर से चम्पा की आँख वह बार-बार पोंछती थी लेकिन आँसू रुकते नहीं थे।

विकल स्वर में निर्मला ने कहा, "तुम्हें मेरी कसम, बुआ ! अब मत रोओ ! भुवन हमेशा याद करती है तुम्हें, अकेले में रोती है तुम्हारे लिए। वह तुमको चिट्ठी लिखना चाहती थी बुआ ! उसका पत्र आएगा और अवश्य आएगा...।"

चम्पा ने निर्मला के हाथ हटा दिए।

निर्मला कहती गई, "मैं मँगवा दूँगी भुवन की चिट्ठी तुम्हें, भुवन खुद भी आकर मिलेगी बुआ ! तुम पर ज़रा भी रंज नहीं है..."

बुआ कुछ नहीं बोली। उसके आँसू थम चुके थे।

निर्मला निकल आई। चम्पा ने सुराही के पानी से चेहरा धोया। शो-केस के निचली दराज़ के अन्दर छोटा तौलिया था, मुँह पोंछा। दिमाग में लेकिन रंजना की कल्पित छवि उभर रही थी।

टाइपराइटर की खट-खट फिर शुरू हुई, चम्पा मन-ही-मन रंजना से कह रही थी—तुम काशी में हो, मैं यहाँ पटने में हूँ ! कैसे समझ पाओगी मुझको ? काश, तुम मुझे देख पातीं रंजना !